乔瓦尼的房间

[美] 詹姆斯·鲍德温 著
[爱尔兰] 科尔姆·托宾 导读
李佳纯 译

Giovanni's
Room

JAMES BALDWIN
INTRODUCTION BY COLM TÓIBÍN

上海译文出版社

献给吕西安

我是人，我受过苦，我曾经在场。

——惠特曼

目 录

导 读……………………………………… I
科尔姆·托宾

第一部…………………………………… 1
第二部…………………………………… 75

导 读

科尔姆·托宾

詹姆斯·鲍德温在他一九五四年的文章《身份问题》里写道："相传，在巴黎这座城市，人人丧失理智和道德，经历至少一段浪漫的爱情，无论去哪里，基本不再会准时到达，对清教徒嗤之以鼻——简而言之，在这座城市，无人不因那优雅、古老的自由气息而变得醉醺醺。"

探索和解构上述传说，让不少二十世纪的美国小说家获益匪浅，甚至包括鲍德温本人。

例如，在亨利·詹姆斯一九〇三年的小说《使节》的初始部分，浪荡子查德·纽瑟姆因在巴黎逗留不归而使他的母亲担心得要死，奉命将他带回去继承家业的兰伯特·斯特瑞塞自己开始品味起巴黎给予人的自由气息。在他抵达巴黎的第二日，这座城市，"这个巨大而灿烂的奢侈淫逸之都，在这个清晨展现在他的面前，就像一个巨大的光怪陆离的发光体，一块璀璨而坚硬的宝石，它的各个部分难以区分，其差异也难以识别。它忽而光辉闪烁，忽而浑然一体，有时好像一切均浮在表面，一会儿之后又变得幽深……一个人喜欢上了巴黎，但又不至于过于喜欢它，这可能吗？"[1]

斯特瑞塞走进一栋三层楼的公寓，他知道查德住在那儿，他站在街上仰视，看见一个年轻人，不是查德，到外面的阳台上抽烟。当他们的目光交会时，斯特瑞塞发现这个抽烟的人"挺年轻，的确非常年轻。他显然太年轻，因此不可能会对正在观察他的那位中年人感兴趣，他也不会去关心这位中年人发觉自己被人瞧时会怎样想"。在接下来的段落里，正是这种看与被看的概念，以及一个年轻人与一个上了年纪的人之间如此这般的交流，为小说提供了可观的张力。随着故事的发展，巴黎将逐渐令斯特瑞塞着迷，引诱他，最终发展到让他上当受骗、希望落空的地步。

欧内斯特·海明威一九二六年的小说《太阳照常升起》的开头几章描写发生在巴黎的事，许多侨民在这座城市的酒吧、餐厅和夜总会里享受轻松自由的气氛。这个圈子很不祥地同《使节》里的描述如出一辙，正如查德在说"歌剧院一带的美国酒吧和银行里可怕的粗人们"时暗指的情形。海明威在这本书中还数次提到，在巴黎，男同性恋者来去自如，不掩饰自己的身份。在第三章里，美国人杰克站在一家舞厅门口，看见"一群年轻人，有的穿着运动衫，有的没有穿外衣"②，乘两辆出租车而来。"门里射出的灯光下，我看清他们的手和新洗过的鬈发。站在门边的警察对我看看，微微一笑。"那个微笑表明，警察被这群年轻人给逗乐了，杰克此时注意到他们在"挤眉弄眼、比比画画、七嘴八舌……"对此他感到气愤："我知道人们总认为他们是在逗乐，得忍着点，但我想揍倒他们一个，随便哪一个，来砸掉那种目中无

---

① 引自袁德成、敖凡、曾令富译《使节》（天地出版社2018年版）。
② 引自赵静男译《太阳照常升起》（上海译文出版社2009年版）。

人、傻笑中透着泰然自若的神情。"

詹姆斯·鲍德温于一九五九年发表的文章《发现身为一个美国人意味着什么》和《身份问题》一样，从流亡巴黎的视角讲述身为一个美国人的命运。鲍德温在该文一开始直接引用亨利·詹姆斯的话："身为一个美国人，命运错综复杂，"接着继续写道："美国作家在欧洲的首要发现，正是这种命运的错综复杂性。美国的历史、它的抱负、它特有的成功，甚至它更为独特的失败，以及它在全世界的地位……每一条都独一无二、根深蒂固，而不可更改，以致'美利坚'一词始终如新，成为一个几乎无法完整定义、极具争议的专有名词。世上似乎无人确切知晓这个词的内涵，连数百万形形色色、自称美国人的我们也不知晓。"

一九四八年十一月，二十四岁的詹姆斯·鲍德温移居巴黎，很快他将在那儿遇见并爱上一个年轻的瑞士人吕西安·哈珀斯贝格尔。一九五一年至一九五二年的冬天，鲍德温和哈珀斯贝格尔一起待在瑞士，期间他完成了他的首部长篇小说《去山巅呼喊》，这本小说于一九五三年初出版问世。此后的两年中，他主要住在法国，创作他的第二部长篇《乔瓦尼的房间》。

鲍德温在一九八〇年的一次采访中明确表示，《乔瓦尼的房间》里的部分环境和氛围源自近距离的观察和体验。他谈到他取材于某些他遇见的人："我们大家在一家酒吧碰面，有个金发的法国小伙坐在一张桌旁，他请我们喝酒。两三天后，我在巴黎一份报纸的头条新闻里看到他的面孔。他被抓了起来，后来上了断头台……我看见他出现在头条新闻里，由此我想到，我已经不知不觉地在塑造他这个人物。"

在那次采访中，鲍德温还坦言，他的这本书"并非围绕同性恋这个主题，而是关于当你内心的恐惧大到让你最终无法去爱时会发生什么"。由于《去山巅呼喊》是以纽约的哈莱姆区为背景，讲述了非裔美国人的经历，所以这部书稿让鲍德温的编辑吃了一惊，他居然写出一本人物全是白人的小说。"我绝不可能有办法——在我人生的那个时间点不行——兼顾另一个沉重的话题——'黑人问题'。性与道德这个切入点不好写。我做不到在同一本书里处理两项议题，容纳不下。"他说。

可他的美国出版商克瑙夫出版社希望他再写一部有关哈莱姆区生活的小说。他们告诉他，他是"黑人作家"，他吸引了特定的读者群。"于是，他们告诉我：'你承受不起疏远那些读者的后果。这本新书会毁了你的前途，因为你写的内容和采用的手法与以前不同，为你着想，我们将不予出版这本书。'"一九五六年，该书由美国的日暮出版社和英国的迈克尔·约瑟夫出版社出版。

《乔瓦尼的房间》以一种严肃、近乎庄重的口吻开场。头几句话的措辞听起来胸有成竹，给人斩钉截铁的感觉，不像后来，叙述转成内疚或忏悔的压抑调子。那番话不是轻言细语，而仿佛是讲给众多观众听的，那腔调简直像在演戏，将单个演员在舞台上富有气势的念白与精确的舞台指示结合起来。"我站在这栋法国南方庄园大宅的窗前，此刻夜幕低垂，今夜过后，将会是我生命中最糟糕的一个清晨。"读完第一句话，人们不难想象这位演员准备转身面向观众。下一句："我手里握着一杯酒，旁边还有一整瓶。"

读来犹如一条剧本中的舞台指示。但接下来的那句话，降了一个调子，指示的对象是演员本人："我看到自己的身影反射在暗色的窗棂上面。"在这一段的结尾，演员面向观众，说明他祖先的来历，他们"征服了新大陆"，从而观众将知道，他是白人，完全掌控着这个文本自身沉重的节奏。

尽管鲍德温不承认他受益于海明威，但从接下来的叙述中——主人公大卫描述与女友赫拉见面的情景，简单的用词和具有催眠效果的重复，唤起一段轻松、无拘无束的欢乐时光——我们可以清楚地看到行文里透出海明威的影子。但还有别的影子，掺杂在一起，叙事口吻从快乐的回忆变成一种惋惜、疲惫、懊悔、觉悟的声调。大卫做好裁判自己的准备，也准备通过这些叙述，不但解释或夸大他的罪孽，而且尽其所能地给自己赎罪，尽其所能地表示忏悔。

《去山巅呼喊》讲的是一位少年传教士的故事；《乔瓦尼的房间》也含有宗教意味，散发出一种道德紧迫感。讲话的人既是在演戏给我们看，也是在向自己布道；他用雄辩的说辞让自己认清他所做的事。这是一场跟自我内心的对话，可又让人觉得，大卫对他所发的言论、他随心所欲的虚夸自白简直乐在其中。作为演员，他既在低喃，又在对着观众表演。

随着叙事的展开，大卫讲到少年时的一次恋情，行文变得艰涩起来，出现更多形容词和副词，句子变得更长。自此，更为复杂的回忆曲调取代了简单的场景设置，这一妙笔，为一切开始浮出水面营造了背景。慢慢地，这支曲调越来越激昂，直至仿效起基督教布道的语言或《旧约全书》的口吻:"那具身体的力量、暗示的东西和神秘感忽然让我害怕起来。"或是:"那张甜蜜的凌乱的床,为这一卑劣感做下见证。"

鲍德温创造了一种告解式的文体,突如其来的华彩辞藻和痛苦的领悟充盈其中,这种做法在别的文本里也能见到,这类文本的叙述者不断受伤或伤人,乖僻的动机需要精心解释,并会在一个被认为是风平浪静的时期里多次变换情绪。例如,大卫自我鞭挞的口吻近似于《自深深处》里的奥斯卡·王尔德,身陷囹圄的王尔德试图重现他和恋人的遭遇,重现是什么样的错觉、自欺欺人和缺乏应变能力导致他们的人生一败涂地。正如王尔德将自己比作受难的基督一样,《乔瓦尼的房间》里的大卫将感慨:"犹大和基督在我体内相会。"

鲍德温的这本书和福特·马多克斯·福特的小说《好兵》也有相似之处,两者都缓慢迂回地追溯往事,旨在对自己在性取向上的变节达成理解。这样比较不是为了暗示鲍德温受别的这些文本的影响,或者他恰好读过这些作品,而是想说明,告解这种形式本身,在一个对性和性动机多半保密隐瞒的时代里,能够具有独特而炽烈的艺术激情。它特别容易在语气上增强感情色彩,那种奋力表现出的自觉、自我认识的口吻,宛如经过一番挣扎后,真正第一次将事情说出口。

鲍德温用这部小说让读者清楚地看到,他可以出神入化地刻画亲密关系的阴阳两面,他可以游刃有余地将行文转成喃喃细语,描写大卫在惶恐中变得敏锐、彻悟,然后,以同等娴熟的笔法,生动地再现在一家拥挤的酒吧里，人人怀着对性的期望而形成的亢奋场面。他可以在他的字里行间演绎从无邪到危险的转变，把平凡无奇的事变成某些不祥之兆。例如，在大卫与乔瓦尼相遇的酒吧："那些有着啤酒肚、戴眼镜、眼神热切而有时绝望的男人都在，还有那些瘦得像刀子、穿着紧身裤的男孩们也在。你永远也不能确定后者要的到底是金钱、血液还是爱。"这最后一句话听来有几分布鲁斯歌曲婉转、慵懒的味道，或像是爵士乐里的一个情感郁积、细腻而舒缓的连复段。话里同时饱含了讽刺与悲伤，并暗示出，正是这两者叠加在一起，将逐渐成为摧毁小说中至少两个人物的主导因素。

小说的基调继续在滔滔不绝的雄辩、情节的高潮和朴素的描述之间来回切换。在大卫与乔瓦尼邂逅的那一幕，人们可以再度见出海明威的影响："我看着他移动。然后我看着他们的脸，看着他。然后我开始害怕。我知道他们刚才在看，一直看着我俩。他们知道他们已经看到了事情的开端，不看到最后是不会罢休的。过了一段时间主客终于易位，现在我在一个动物园里，他们看着我。"

但紧接着，他可以很快写出纯属鲍德温风格的语段，这些语段具有绮丽而无畏的色彩，与内心隐秘的认识和痛楚相调和，由此我们可以清楚地看到，鲍德温做好准备，要成为他那一代美国人中最杰出的散文风格家，比如在第二章的结尾，大卫回忆起乔瓦尼："一直到我死去为止，那些时刻都会存在，仿佛麦克白的女巫顷刻间由地底蹿出，他的脸会出现在我面前，脸上记录着一切的变化，他的声音和说话的语气几乎要胀破我的耳朵，他的气味将充斥在我的鼻孔。在未来的某些时刻——如果上帝允许我活着体验那些时刻：在灰暗的早晨，嘴里满是酸味，眼睑干涩而泛红，发丝因暴风雨般的睡眠潮湿打结，我面对着咖啡与香烟，昨夜那个无法穿透的、没有意义的男孩将如烟一般短暂浮现又消失，我将会再见到乔瓦尼，如同那一夜，如此鲜明，如此令我臣服，那条昏暗的隧道里所有的光都会环绕在他的头上。"

小说里这种语气上的转换与其他视角的变化呼应配合。例如，我们跟着大卫看到书里那些上了年纪的男人那样腐朽，有些教人不齿，他们像年迈体衰的动物似的，为了爱或性而猎艳。在接下来的第三章里，大卫与他的朋友雅克，一个上了年纪的男同性恋者，有一段对话，他对雅克说："你的生活的确是有很多可鄙之处。"雅克回道："我也可以跟你说相同的话。要当可鄙的人方法很多，让人头都晕了。但真正可鄙的是藐视他人的痛楚。你应该可以了解你面前的这个人曾经比你还年轻，他是逐渐成了今日悲惨的状态。"

顷刻，道德中枢变了，落到这位年长的男士手中。鲍德温继而仿效《使节》里核心的转折点，上了年纪的斯特瑞塞不知不觉在巴黎与一位比他年轻，同样是美国人的男子展开对话。在一节堪称詹姆斯所有作品中最广为人知的段落里，斯特瑞塞告诉他的同伴："你可要尽情享受人生，如果不这样就是大错特错。重要的不在于如何享受人生，只要享受人生便行。"此刻，在讨论大卫与乔瓦尼的关系时，雅克对大卫说："爱他吧，爱他并且让他爱你。

你觉得天底下有什么事情真的那么重要？"

渐渐地，简单的爱情故事变得暧昧不明，矛盾和障碍重重。每次，前一刻大卫觉得自己深爱着乔瓦尼，后一刻，他会看见另一名男子，一个陌生人，会对他产生同样的感觉。接着，当爱情的温存与不忠纠葛在一起时，他和这份感情相去得越来越远。"我感到悲哀和羞耻，恐慌而极度苦涩。"跟着这句话往下几行："我开始对乔瓦尼产生恨意，那恨跟我的爱一样有力，来自同一根源。"

随后，他将几乎在同一时刻既对乔瓦尼有好感，又厌恶他。"他的碰触总是引起我的欲望，但他温热微甜的口气则让我作呕。"在另一幕中，他说："我想甩掉他也想拥他入我的怀里。"大卫一边"半带着笑"，一边又"很奇怪地，隐隐约约害怕着"。当他仔细回想两人在一起的时光时，他能"感知到那段日子里美丽的东西，在那时都像折磨"。

在这部小说里，没有一种感情是稳定不变的，作者试图借助一组对立的意象，找到一个可以最终道出某些真相的契机，即便为时晚矣。最怪异的是，也许恰恰因为这种想从矛盾统一中寻求治愈的做法对事情本身不起作用，所以它益发必不可少，语气也更紧迫。随后，在故事走向尾声时，大卫将承认自己的巨大困惑："我不知道我对乔瓦尼是什么感觉。我对他没有感觉。我感到恐惧和怜悯，还有油然而生的欲望。"如同《使节》里的斯特瑞塞和《太阳照常升起》里的杰克一样，《乔瓦尼的房间》的叙述者将因自己不懂怎么去爱而受苦，这强化了他局外人的身份，使他能够更加敏锐地观察他人，越发给自己制造痛苦。乔瓦尼对他说："你

IX

才没有爱任何人！你从来没有爱过人，我敢确定你以后也不会！"

大卫遇见的那些人也活在一种极端矛盾的状态中，包括跟他上床的那个姑娘。在他们分别之际，他注意到"她脸上有我所见过最奇怪的笑容。像是痛苦而怀恨在心、感到羞辱，但又外行地带有一丝小女孩般的兴高采烈——僵硬一如她松垮的身体之下的骨骼"。

和在《使节》里一样，正当"家"这个概念对大卫而言变得越来越充满讽刺时，在《乔瓦尼的房间》里也有一位身在美国、希望他回"家"的父亲。在该书的第二部里，大卫在街上看见一个水手，他令他"想起家——也许家不是一个地方，而是一种不可更改的状态"。

当他们擦身而过时，这个水手还使他回到另一个"家"，回归他既隐匿又昭然的性取向。"我们靠得很近，仿佛在眼里看到泄露秘密的恐慌，他对我轻侮而猥亵地投了一个表示理解的眼神。"假冒异性恋的做法，与内拉·拉森一九二九年的小说《冒充》（*Passing*）有异曲同工之处，那本小说戏剧化地描绘了非裔美国女子假扮白人的做法，在故事关键的转折处，拉森将笔墨集中于神情、注视的目光和认出彼此的瞬间，《乔瓦尼的房间》亦然。

在《冒充》里，克莱尔·肯德里一直假扮自己是白人女子，而艾琳·雷德菲尔德仅偶尔为之。许多年后，她们在芝加哥不期而遇，这次邂逅始于一个注视的眼神："她徐徐地环顾四周，目光与邻桌那位黑眼睛、穿着绿连衣裙的女士对视。但她显然未曾意识到，她流露出的这般强烈的兴趣可能会教人尴尬，她继续盯着看。她的举止好似一个一意孤行的人,决心牢固而准确地将艾琳的样貌巨细无遗地印刻在她的记忆里,永久保存,连被人发现她在不停打量对方时也未显出丝毫不安的痕迹。"

这种注目不仅是老朋友之间的一次相认,也是两个冒充白人的女子在一家豪华酒店里认出彼此的真实身份。与之相呼应的是后来克莱尔的丈夫在街上遇到艾琳、认出她时所投去的目光。在他眼里,她将是一个如今终于被他洞穿了秘密的人。隐瞒与暴露是《乔瓦尼的房间》的核心主题,叙述者从不是同性恋或看似不是同性恋,变成同性恋或看似是同性恋,再变成两者皆是或看似两者皆是,由始至终,他既有所准备又毫无准备地凭借一瞥、一次注视、一个精准识别的瞬间,揭示自己的身份或透露他的困惑。

揭露和识别这个主题之所以格外耐人寻味,是因为每个小说家在创作的同时也在掩饰伪装。小说作者设计一个替身,这个替身在某些方面像是作者的影子,在其他方面与作者相异。我们凭想象创造的这些人物进出于我们的情感轨道,成为我们隐秘自我的变体,代表着我们梦想的"非我"中被掩盖的部分。罗伯特·路易斯·史蒂文森创造了化身博士,奥斯卡·王尔德创造了道林·格雷,亨利·詹姆斯在《私人生活》和《欢乐角》里创造了与他分裂对立的角色,约瑟夫·康拉德在《秘密的分享者》里创造了与他重合的人物,事实上,每个小说家,但凡创造了一个人物,便是把某个只有小说家才可能完全而清晰识别出的人,变成一个活在小说家自我中的新生的自我,似真似假,摇摆徘徊在两者之间的如梦地带。男小说家可以刻画女性,当代小说家可以刻画过去的人物，爱尔兰小说家可以刻画德国人，小说家可以刻画自己，异性恋的小说家可以刻画同性恋，非裔美国小说家可以刻画美国白人。

每个小说家都可以一步步地改造自己，结果是，人物浮现于纸面上，继而出现在读者的想象中，一切仿佛顺理成章。这样的创造叫作自由，或用詹姆斯·鲍德温在另一语境下的话来说，创造的是"属于我们共同的历史"。

在《乔瓦尼的房间》里，读者首先看到大卫开始察觉出不只自己还有他人身上的暧昧反应、分裂的情感。例如，赫拉从西班牙回来后，他发现："她的笑容既明亮又忧郁。"他明白："我们之间的一切都跟以前一样，但同时一切也都不同了。"在书的近结尾处，乔瓦尼也开始做出分裂不一的反应，从而使这个人物形象更加丰满或更具微妙之处。例如，在乔瓦尼说大卫不爱任何人的那一段里，大卫描写乔瓦尼"抓住我的领子，边扭边爱抚，既刚且柔"。未几，在他们准备分别之际，乔瓦尼得以成为做出百感交集的反应的一方："我看到他在发抖——因为愤怒，因为痛苦，或是两者皆有。"稍后，大卫在想象乔瓦尼和纪尧姆——那个将死于他手的老雇主——在一起时，也让他做出一个别扭的反应："他回给纪尧姆的微笑快要让自己作呕。"

在该书的最后章节，文风回复初始的简朴。经过了此前鲍德温在描述性的段落和沉思分析的段落里一概使用的浓墨重彩、繁复笔调后，不加修饰、不带感情的句子显得更为有力。对爱情不可能再做出意味丰富、暧昧、热切的反应，已无爱的可能。如此一来，使用的措词须是清晰的陈述，不容赘言："她开始哭。我抱着她，我完全没有感觉。"

此外，临近结尾，赫拉在与大卫对质时，道出一个不可能不曾被亨利·詹姆斯注意到的问题——他专门刻画在欧洲不得善终的美国人——甚至连写《太阳照常升起》的海明威估计也认识到这一点，在那本书里，美国人一边浪迹欧洲，一边惹是生非。赫拉说："美国人不应该来欧洲，因为他们永远都不能再快乐了。如果不能快乐当美国人有什么好的？我们有的也只是快乐。"美国人受损的纯真和美国人虚幻的快乐将成为鲍德温下一部小说《另一个国家》以及此后他撰写的许多杰出文章的主题。在这些作品里，他举起一面无情的镜子，让他的祖国那个被玷污的灵魂可以从中瞥见自己，这是洞悉、诚实、富有风险而令人不安的一瞥，如同《乔瓦尼的房间》让人看见被遗失和浪费的爱情一样。

张芸　译

第一部

1

我站在这栋法国南方庄园大宅的窗前,此刻夜幕低垂,今夜过后,将会是我生命中最糟糕的一个清晨。我手里握着一杯酒,旁边还有一整瓶。我看到自己的身影反射在暗色的窗棂上面。我的身影像支箭一样瘦长,金发微微闪着光。我的长相平凡。我的祖先征服了新大陆,他们曾经穿过满布死亡的平原来到海边,大海把欧洲抛在身后,抛进更为黑暗的过去。

也许到早上我就醉了,但那对我没好处。无论如何我还得搭上前往巴黎的火车,火车上还是一如往常,旅客还是一样想方设法在三等车厢木质直背座椅上坐得舒服一点,维持一点点自尊,而我也还会是一样的我。我们会向北驶过不停变换的乡村景色,把橄榄树、海洋还有风暴过境时瑰丽的南方天空抛在脑后,抵达巴黎的雨与雾。某个人会好心地与我分享他的三明治,某个人会让我喝一口他的酒,某个人会向我借火柴。走道上会挤满人,向外看窗外的风景,向里看我们。每一次靠站,身穿棕色宽松裤、戴着彩色帽子的新兵们都会打开车厢门问道:"客满了吗?"所有的乘客都会点头说是,有所预谋一般地相视一笑,新兵们只好继续向前去下一节车厢。会有两三个人站到我们车厢门口,用粗鄙的口吻交谈,抽着军队发的劣质香烟。那些新兵的出现会让坐在我对面的女孩紧张,她会纳闷我为何还没向她搭讪。一切都会是一样的，只是我会变得更沉着。

今晚乡村依然平静，这景致透过窗棂反射在我的倒影中。这栋房子就坐落在一个小型避暑胜地旁边——现在还空荡荡的，因为还不到季节。房子位于一座小山上，往下看可以看到镇上的灯火，还听得到海的声音。我的女友赫拉和我在巴黎看了一些它的照片就租下了，那是几个月前的事。如今她已离开一个礼拜。她正在海上航行，正在回美国的路上。

我能想象她的身影，她优雅、紧致、耀眼，远洋邮轮里大厅的光线环绕着她，她喝酒喝得太快，大笑着，注视着在场的男人。我就是这样认识她的，在圣日耳曼德普雷街区的一家酒吧，她一边喝酒一边张望，我因而喜欢上她，我以为跟她在一起应该会很愉快。事情就是这样开始的，对我而言意义仅止于此；现在我无法确定，在所有事情发生之后，到底除此之外还有什么别的意义。我也不认为对她而言还有别的意义，至少在她去西班牙旅行之前没有。当她独自在那边时，可能才开始思考，一辈子喝酒、打量男人到底是不是她想要的。但到那时已经太迟。我已经和乔瓦尼在一起。她去西班牙之前，我向她求过婚；她笑了，我也笑了，但这反而让我更认真起来，而且更加坚持，然后她说她需要离开一阵子好好想一想。她在这里的最后一晚，也是我最后一次看到她，当时她正在收拾行李，我说我爱过她，我也说服自己这是真的。如今我想，我是否真的爱过她？但在当时，我想的无疑是我们同床共枕的夜晚，那些永远不再的独有的天真和自信，让我们共度的夜晚如此愉快，跟过去、现在或是未来都毫不相关，最终，跟我的生命也毫不相关，因为除了最下意识的责任，我已无需为此承担任何责任。这些在异国天空下度过的夜晚，无人旁观，也没有相应的惩罚——这最后的事实是我们瓦解的原因，人一旦拥有了自由，就没有比自由更难以忍受的了。我想正因为如此，我才向她求婚；给我自己一个停泊的地方。也许正因为如此，在西班牙时，她认定她想要嫁给我，但是，人不可能在不快乐的状态下自行发明停泊的地点、爱人和朋友，一如他们不可能发明自己的父母。生命给我们这一切，也带走这一切，而最困难的便是给生命一个肯定的答案。

我告诉赫拉我爱过她时，我所想的是一切糟糕而无可挽回之事还没有发生在我身上的那些日子，当风流韵事还只是风流韵事。而现在，从今晚开始，这个即将来临的早晨，无论到最后一张床之前我睡过几张床，我再也无法拥有那种男孩子气的狂热恋情——仔细想想，其实那不过是另一种形式的、也许比较高阶的——或者说得更直白点——更矫情的手淫罢了。人与人的差别太大，不能等闲对待。我与他人的差异让我不值得被信赖。如果不是因为如此，今晚我不会独自待在这栋房子里，赫拉就不会在公海上航行。乔瓦尼也就不会在今晚到明晨之间，死在断头台上。

我现在后悔了，在所有我说过、相信过的谎言里，我不应该说那个谎，虽然它也曾有好处。那是我对乔瓦尼撒的那个谎，始终未能使他相信。我说我以前从没有跟男孩上过床但我有。那时我决定永不再犯。在这个我此刻回想的奇遇中，有某种不可思议的东西，就像我跑得那么远、那么辛苦，甚至穿越整个海洋，结果发现自己突然长大，在自家的后院再一次面对家里的斗牛犬，只不过那个后院小了，那条斗牛犬大了。

我已有很多年没有想到那个男孩乔伊，但是今晚我可以清清楚楚地看见他。那是多年以前，我只有十几岁，他跟我年纪差不多，相差一岁左右。他也是个阳光男孩，反应敏捷，皮肤黝黑，总是在笑。他一度是我最要好的朋友。后来，让这种人当最好的朋友反倒变成我可怕的污点。所以我将他忘了，但是今晚我可以清清楚楚地看到他。

那时是夏天，不用上学。他父母周末外出了，我在他家过夜。那里离康尼岛①不远，在布鲁克林。我那时也住在布鲁克林，但我们家的地段比乔伊家的要好。那天好像我们躺在沙滩上，游了一会儿泳，看着几乎是光着身子的女孩子们走过，对她们吹口哨，笑着。我可以确定，如果那天有任何一个女孩对我们的口哨声做出反应，海洋的深度都将不足以淹没我们的恐惧和羞耻感。女孩们无疑已经得到暗示，也许是因为我们吹口哨的方式，总之没有人理睬我们，太阳下山的时候我们沿着木板路走回他家，裤子底下还穿着湿哒哒的泳裤。

我想是从淋浴时开始的。我有一点点感觉——我们在那个热气腾腾的小空间里胡闹，用湿毛巾打着对方，我从来没有过那种感觉，很神秘的，也没有特别目的，但这种感觉里包含了他。我

---

① 康尼岛位于布鲁克林南端，岛上有纽约著名的古老游乐场。

记得我很不愿意穿衣服,我觉得是因为太热了。但我们还是随便穿上了衣服,从他的冰库里拿了些冷食来吃,还喝了一大堆啤酒。我们应该是去看了场电影。不然我想不出我们为什么要出门,我记得走过黑暗的布鲁克林街道,热气从人行道上还有房子的墙壁散发出来,热得足够杀死人,好像全世界的大人都坐在台阶上,大声吵闹,头发蓬乱,而全世界的小孩都出现在人行道上或是巷子里或是防火梯上,我的手搭在乔伊的肩膀上。我感到很骄傲,我还记得,因为他的头在我耳朵之下。我们一边走着,乔伊一边说着黄色笑话,我们笑着。奇怪的是,这是这么久以来,我第一次想起当时我的心情很好,觉得自己很喜欢乔伊。

我们回来时街上很安静;我们也静了下来。在公寓里我们还是沉默着,睡眼惺忪地在乔伊的房间脱了衣服准备上床睡觉。我睡了一会儿——好像蛮久的,我想。但我醒来时发现灯还亮着,乔伊正在仔细检查他的枕头。

"怎么了?"

"我觉得有臭虫咬我。"

"你这个脏鬼,你床上有臭虫?"

"我觉得我被咬了。"

"你从来没有被臭虫咬过吗?"

"没有。"

"赶快睡吧,你在做梦。"

他看着我,嘴巴张开着,黑色的眼睛偌大。好像他刚发现我是臭虫专家。我笑了出来,抓住他的头,天知道我已经这样干过多少次，每次他一惹我，我都这样跟他闹着玩，但这次我一碰到他，好像什么事就发生在我们身上，使得这次接触变得跟以前我们所熟悉的都不一样。而且他没有抗拒，通常他都会的，他停在我把他拉过来的地方，靠着我的胸口。我发现我心跳快得可怕，乔伊在我身边颤抖，房间里的灯光又亮又热。我开始移动，说了几个笑话，但乔伊喃喃地说了几句话，我低下头去听。在我低头的同时乔伊把头抬起来，我们开始接吻，像是个意外事件，然后，我生命中第一次那么清楚地感觉到另一个人的身体、另一个人的体味。我们的手臂环绕着彼此。那感觉好像是我手里抱着一只疲惫垂死的稀有鸟类，我无意间发现了它，我非常害怕，他一定也是，然后我们都闭上了眼睛。今晚，我能够这么清楚而痛苦地记得，正说明其实我从未真正忘记这件事情。我可以感受到一股微弱却动人的震撼，一如当时排山倒海而来的震撼。口干舌燥的热气，颤抖，令人心痛的温柔，我以为我的心脏要爆炸了。但随着巨大、难以忍受的痛苦而来的是欢娱，那个晚上我们让彼此享乐。那时，似乎一辈子的时间也不够让乔伊和我来完成爱的行为。

但那一生短如一瞬，局限在那个晚上——到了第二天早晨它就结束了。我醒来的时候乔伊还在睡，像个小婴儿一样蜷曲在床的那一边，面对着我。他看起来就像个小婴儿，嘴巴微张，脸颊泛红，他的鬈发覆盖在枕头上，半遮住他微湿浑圆的额头，长长的眼睫毛在阳光下微微发亮。我们两个都没穿衣服，拿来盖身体的床单在我们的脚边卷成一团。乔伊的身体是古铜色的，身上有汗，那是当时我见过最美丽的东西。我本来可以碰他，叫他起来，但不知什么阻止了我。我忽然害怕起来。也许是因为他看起来那么无辜，带着完美的信任；也许是因为他比我小；我自己的身体忽然好像一个恶心的庞然大物，内心油然而生的欲望像怪兽一样。忽然，一种恐惧超越了上述一切。一个念头飞来：**可是乔伊是男孩**！忽然我在他的大腿、他的手臂、他轻握的拳头间看到了力量。那具身体的力量、暗示的东西和神秘感忽然让我害怕起来。忽然那个身体好像是一个黑暗洞穴的入口，我将在其中被折磨直至发狂，我将会失去我的男子气概。说得更精确点，我希望了解那个秘密，感受那种力量，让那份暗示通过我得到实现。我背上的汗变冷了。我觉得羞耻。那张甜蜜的凌乱的床，为这一卑劣感做下见证。我不知道乔伊的母亲看到床单会说什么，然后我想到我父亲，他和我相依为命，我母亲在我很小的时候就过世了。我心里有一个洞，黑色的，充满谣言、暗示，一半听过的、一半已经忘了的、各种一知半解的故事和各种难听的字眼。我想我在洞里看到了自己的未来。我害怕了。我差点就哭了，因为羞耻感和恐惧而哭，因为不知为何会发生这样的事情而哭，这种事情怎么会发生在我身上。然后我做了决定。我起床冲澡更衣，乔伊起床的时候我已经准备好早餐。

我没有告诉乔伊我的决定，那会违背我的意愿。我没有跟他一起吃早餐，只喝了点咖啡，然后编了个借口说要回家。我知道那个借口骗不了乔伊，但他不知该如何抗议或是坚持。他不知道，如果他能这样做就好了。那个夏天我们几乎天天见面，但我再也不去见他了。他也没有来找我。如果他来找我，我会很开心，但我离开的方式形成了一种约束，让我们两个都不知该做何反应。出于一个偶然的机会，当我终于再见到他时，夏天已经快要结束，我编了一个很长的谎话，说我在跟一个女孩子约会，而开学以后我跟一群年纪大一点、比较强悍的朋友混到一起，极不友善地对待乔伊。他愈难过，我对他愈坏。最后他终于搬走了，转学离开他住的地方，而我再也没见过他。

也许，从那个夏天以后我开始寂寞，也正是从那个夏天起，我开始了这段最终将我带到这扇黑暗窗前的旅程。

然而——当一个人开始探索那最关键的一刻，改变所有事物的一刻，他会发现自己在痛苦地穿过一个充满假信号和上锁的门的迷宫。我的旅程，分明是从那个夏天开始——它不告诉我困境的源头该从何处找起，这场困境最终在那个夏天将我引向了逃离的结局。当然，源头就在我面前某处，就锁在窗户上的倒影里，此时窗外正是夜幕低垂。它与我一起被困在这个房间，一直都是如此，将来也会如此，而且对我而言，这趟旅程远比窗外异国的山丘还要陌生。

那时我们住在布鲁克林，我刚说过；我们也住过旧金山，我在那里出生，我的母亲葬在那里，我们还在西雅图住过一阵子，然后是纽约——对我而言，纽约就是曼哈顿。后来我们从布鲁克林再搬回纽约，我去了法国以后，我的父亲和他现任妻子又搬去康涅狄格，当然那时我已经独立生活很久，住在东六十几街的一间公寓。

在我的成长过程里，家里就只有我、我父亲，还有他未婚的姐姐，我五岁的时候母亲已经葬在坟墓里。我几乎不记得她的样子了，但我做噩梦时会看见她，瞎了眼，全身是蛆，头发像金属一样干燥，跟树枝一样容易断裂，用力要把我拉近她的身边；身体已经腐烂，令人作呕地柔软，突然张开，在我的哭喊抓挠中，大得要把我活生生吞下去。但每当父亲或姑姑急着冲到我房间，想知道我是被什么东西吓到了，我从来不敢告诉他们我的梦，那样好像就是背叛了我的母亲。我说我梦见一个墓地。他们下结论，认为我母亲的死让我充满不安的想象，也许他们以为我因母亲的死而难过，也许是的，但如果是这样，那么直到今日我还在哀悼当中。

我父亲和我姑姑水火不容，不知道为什么，我感觉他们长年的争执跟我的母亲很有关联。我记得我很小的时候，在我们旧金山的家，大客厅里有一幅我母亲的照片，就挂在壁炉上，它好像操控着整个房间。好像她的照片证明她可以控制整个房子的气氛，也控制我们每个人。我记得那个房间阴暗的角落，在那里我从来不得安宁，而我父亲沐浴在沙发椅旁的落地灯打下来的金黄色光线中。他会读他的报纸，躲在报纸后面，有时我急切地想引起他的注意，让他非常生气，结果是我哭着被带离那个房间，或者我记得他躬身向前，手肘靠在膝盖上，盯着大窗子看，窗外是黑暗的夜。我以前常好奇他在想什么。在我的记忆里他总是穿灰色的毛衣背心，总是把领带松开，黄棕色的头发垂在红润的方脸上。他是那种容易发笑的人，不常生气。所以当他真正生气的时候，更加令人印象深刻，好像裂缝中生出了火苗，可以烧掉一整间房子。

他的姐姐埃伦坐在沙发上看书。她比他大一点点,皮肤较黑,总是穿着打扮得过于正式,脸和身体的线条开始显得硬朗,身上佩戴太多首饰,不停发出碰撞声。她读许多书,所有新出的书,以前也常去电影院看很多电影。或者她做编织。她好像永远都带着一个大袋子,里面有各种看起来很危险的编织针,或是书本,或是两者皆有。我不知道她织什么,可我想她一定给我的父亲,或者给我织过点什么,至少偶尔织过。但我不记得是什么,正如我也不记得她读的是什么书。没准这些年来她一直看的是同一本书,织的是同一条围巾,或是毛衣,天知道是什么。有时候她会和我父亲玩牌——这种情形很少;有时候他们以友善的语调彼此开玩笑;但这种情形很危险。这种开玩笑的情形几乎总是以争执告终。有时候他们有访客,通常我都可以待着看他们喝鸡尾酒。那种时候我父亲最为迷人,孩子气又豪爽,手持酒杯穿梭在拥挤的人群里,帮客人斟酒,开心地笑,像对待自己的兄弟一样应付所有男人,跟女人打情骂俏。或者不和她们调情,而是像公鸡一样神气地在她们面前走来走去。埃伦总是看着他,好像怕他会做出什么难堪的事,看着他也看着那些女人,是的,她以一种精神压迫的方式跟男士们调情。她就在那里,像人家说的,盛装准备出击,嘴唇比血还要红,衣服不是颜色不对就是太紧或是太年轻,手中的鸡尾酒杯受着随时会被摔成碎片的威胁,说话的声音没有断过,像剃刀刮在玻璃上。当我还是个小男孩时,看她和人群在一起会让我害怕。

不管那个房间发生什么,我母亲总是看着。她从相框往外看,她是个苍白、金发的女人,五官细致,深色眼珠,眉毛笔直,有张神经质的、温柔的嘴。但那双眼睛的方位、凝视的方式、嘴角不屑的样子,让人觉得在她极度脆弱的外表下暗藏着许多力量,就像我父亲的愤怒一样危险,因为完全令人意想不到。我父亲极少提到她,即便提到她,也会很神秘地捂住他的脸;他提到她时都是作为我的母亲来谈论,事实上,当他谈起她时,他就好像是在说他自己的母亲。埃伦常常提起我母亲,说她是个多么了不起的女人,但她说的方式让我很不舒服。我觉得我失去了做这样一个女人儿子的权利。

很多年以后,当我长大成人,我设法让父亲谈我的母亲。但那时埃伦已经过世,他正准备再娶。他谈她的方式跟埃伦一样,甚至有可能他说的就是埃伦。

我十三岁那年的某个晚上,他们大吵了一架。当然,他们吵过很多次;这次让我记得那么清楚,可能是因为好像跟我有关。

我在楼上自己的床上睡觉。已经很晚了。忽然我被窗外父亲的脚步声吵醒。从他走路的声音和节奏我知道他有点醉了,而且我记得在那个时刻,我忽然感到失望,感到一种从未有过的悲哀。我看过他喝醉很多次,但是从来没有这种感觉——相反,我父亲喝醉的时候有一种特别的魅力——但那天晚上我忽然感觉到别的东西,在他的身上,令人鄙视的东西。

我听到他进来。然后,马上听到埃伦的声音。

"你还没睡?"我父亲问道。他竭力表现出愉快的样子,避免争执，但他的声音没有诚意，只有压抑和恼怒。

"我以为，"埃伦冷冷地说，"该有人告诉你，你到底在对你儿子做什么。"

"我在对我的儿子做什么？"他还有话要说，更难听的话；可是他克制住，用一种喝醉以后听天由命、令人绝望的冷静说："你在说什么呢，埃伦？"

"你真以为，"她问道——我敢肯定她正站在房间中央，双臂交叉放在胸口，站得笔直——"他长大以后应该变成像你这样的人？"我父亲没说什么。"他正在长大，你知道的，"然后，她恶狠狠地说，"我只能说这么多了。"

"去睡吧，埃伦。"我父亲说，语气听起来非常疲倦。

我认为，既然他们在说我，我就应该下楼告诉埃伦，不管我父亲跟我之间有什么不对，我们都可以自己解决，不需要她帮忙。也许——这可能有点奇怪——我觉得她对我并不尊重。那是因为我从来没有对她说过我父亲的不是。

我听到他沉重蹒跚的脚步声，穿过房间向着楼梯走来。

"别以为我不知道你到哪儿去了。"埃伦说。

"我出去——喝酒，"我父亲说，"现在我要睡一会儿。你介意吗？"

"你是跟那个女人在一起，比阿特丽斯，"埃伦说，"你总是在她那里，浪费掉你所有的钱、你的男子气概还有自尊。"

她成功地激怒他了。"要是你以为——你**以为**——我会站在这里——站——站在这里——跟你争论我的私生活——**我**的私生活！——如果你以为我会跟**你**争论我的私生活，那你就是疯了。"

"我根本不在乎，"埃伦说，"你做什么是你自己的事。我担心的不是你。只不过你是唯一可以管教大卫的人。我不能管他。他又没有妈妈。他只有为了让你高兴才会听我的话。你真觉得让大卫常常看到你醉得东倒西歪地回家是好事吗？别骗自己了，"她接着说，"不要以为他不知道你去哪里，不要以为他不知道你那些女人！"

她错了。其实我不知道——我从来没有想过，但自从那个晚上起，我常常想到那些女人。我再也没办法看着一个女人而不去想我父亲是否跟她有所"纠缠"，照埃伦的说法。

"照我看，"我父亲说，"大卫的思想不太可能比你纯洁。"

沉默，我父亲上楼时的那阵沉默，大概是我生命中经历过最糟糕的。我想知道他们到底在想什么，想知道他们看起来什么样子。当我早上看到他们的时候，会是什么样子。

"你给我听着，"我父亲上楼上到一半时忽然说道，那声音吓了我一跳，"我只期望大卫长大以后做个男人。我说的男人，埃伦，可不是主日学校的老师。"

"做个男人，"埃伦简短地说，"跟做个莽夫可不是同一回事。晚安。"

"晚安。"过了一会儿他说。

然后我听到他蹒跚地走过我的门前。

从那次起，我以一种只有很年轻的人才有的、很神秘又世故的强烈感情鄙视我的父亲、憎恨埃伦。很难说为了什么。我不知道为什么。但那使得埃伦对我的预言一一实现。她说总有一天没有人管得动我，连我父亲也不行。而那一天终于到来。

那是在乔伊的事之后。我跟乔伊的意外事件使我深受震动，我因此变成一个神秘兮兮而又残酷的人，我没办法跟任何人讨论发生在我身上的事，甚至无法对自己坦承；哪怕我从不去想，那个事件仍然盘踞在我心底，像具腐烂的尸体一样静止不动、一样糟糕。然后它变质，味道越来越重，使我思想的环境变得酸臭。很快，深夜蹒跚回家的那个人成了我，发现埃伦熬夜等待的人成了我，同埃伦夜复一夜争执的人成了我。

我父亲的态度是：这只是我成长过程中不可避免的阶段，他就假装无所谓。但在他玩笑的、男性同盟的态度之下，他非常失落，而且有些害怕。也许他本以为随着我渐渐长大，我们的距离会拉近——然而当他想了解我的时候，我却从他身边逃遁。我**不愿意**让他了解我。我不希望任何人来了解我。同时，我跟我父亲正经历着所有年轻人与长辈之间都要经历的事：我开始对他有所批判。这种批判的严苛令我心碎，虽然当时我说不出口，却揭示了我曾多么爱他的事实，而那份爱，正与我的天真一同消逝。

我可怜的父亲既困惑又害怕。他无法相信我们之间竟会有这么严重的问题。不仅是因为他不知道能做什么，主要是他必须面对这样一种认知：还有一些事他尚未完成，某些最最重要的事。既然我们俩都不知道到底遗漏了什么重要的事，而为了对付埃伦，我们又不得不结成默契的同盟，我们只好以相互掏心掏肺的形式求得安慰。我父亲有时候会骄傲地说，我们不像是父子，像好兄弟。我想我父亲有时当真这么认为。我从来都不信。我不想当他的兄弟,我想当他的儿子。我们俩之间那种男人与男人的坦率,让我筋疲力尽而且惊慌失措。做父亲的不应该在儿子面前完全赤裸。我不想知道——反正不想从他嘴里知道——他的肉体跟我的一样死性不改,知道那样的事不会让我觉得更像他的儿子——或是兄弟——那只会让我觉得像个入侵者,而且饱受惊吓。他以为我们很像。我不愿那样想。我不想认为我的生命会跟他一样,或者我的心智可以变得如此苍白,那么的缺乏棱角与敏锐度。他希望我们之间没有距离,希望我像看待自己一样看待他。但我要的是父亲与儿子之间一点仁慈的距离,那才可能让我爱他。

一天晚上,我喝醉酒,跟几个朋友从城外的派对回来时,我驾驶的车子被撞得稀烂。那完全是我的错。我醉得快不能走路了,根本不该开车;但其他人不知道,因为我是那种醉到崩溃边缘还能看起来清醒无事的人。我们的车在一段笔直平坦的公路上奔驰,我的反应神经出了状况,车子忽然失控。一根电线杆,一片泡沫一般的白色,忽然从漆黑中呼啸着向我冲来;我听到尖叫声,然后是一阵巨大轰然的撞击声。然后所有的东西都变成猩红色,然后亮得跟大白天一样,然后我陷入一片陌生的黑暗。

我肯定是在他们把我们送往医院时醒的。我依稀记得自己被人移动,还有一些声响,但非常遥远,好像跟我没关系。过了一段时间,我仿佛在冬天的心脏醒来,这里有高高的白色天花板,白色的墙,还有一扇硬邦邦的、冰冷的窗像是要向我压来。我一定是想起身,因为我记得我的脑袋可怕地轰轰作响,我的胸部很重,一张大脸在我的面前。这张大脸跟胸部的重量压得我又往下沉,我高声呼叫我的母亲。然后又是一片黑暗。

当我终于恢复意识时,我父亲就站在我的床边。我知道在我看见他之前,他就站在那里了,我小心翼翼地把头转过来,眼睛慢慢对焦。他看到我醒了,小心地走近床前,示意我别动。而他看起来是这么苍老。我想哭。有好一会儿,我们只是四目相对。

"你觉得怎么样?"终于,他轻声问。

我到开口说话才意识到身体的疼痛,马上害怕起来。他一定在我的眼里看出来了,因为他马上用低沉的嗓音,语气痛苦但又异常坚定地说:"别担心,大卫。你会好起来的。你会好起来的。"

我还是无法说话。我只是看着他的脸。

"你们这些孩子运气很好,"他说着,想露出笑容,"你是撞得最严重的。"

"我喝醉了。"我最后说。我想告诉他一切——但是说话很疼。

"你难道不知道,"他问道,脸上极度困惑——因为这算是他允许自己困惑的事——"喝得那么醉不应该开车吗?你应该心里有数的。"他严厉地说,抿着嘴唇。"你们甚至可能送命。"他的声音发抖。

"对不起,"我忽然说,"对不起。"我不知道该怎么表达歉意。

"不要对不起,"他说,"下次小心一点就好了。"他一直在拍打手里的一条手帕;现在他把手帕展开,伸过来擦我的额头。"我只有你了,"那时他说,腼腆地露出一个痛苦的笑脸,"小心点。"

"爸爸。"我说着哭了起来。说话已经很痛了,这比说话更痛,但我停不下来。

我父亲的表情变了。忽然变得极其衰老,但同时又绝对地、无可救药地年轻。我记得我极其惊讶,内心逐渐变成一个平静而寒冷的暴风雨中心,直到现在,我才了解到我父亲一直在受苦,到现在还是。

"不要哭,"他说,"别哭了。"他用那条可笑的手帕轻抚我的额头,好像手帕有帮助痊愈的神力。"没什么好哭的,一切都会没事的。"他自己也快哭出来了。"没有什么不对吧,对不对?我没做错什么吧?"他一直用那条手帕抚摸我的脸,闷得我喘不过气。

"我们喝醉了,"我说,"我们喝醉了。"因为这样说似乎就解释了一切。

"埃伦姑姑说是我的错,"他说,"她说我没有好好管教你。"感谢老天,他终于拿开那条手帕,无力地挺了挺胸说:"你不是对我有所不满,是吧?有的话就告诉我。"

眼泪在我的脸上、胸口干掉。"没有,"我说,"没有。没事。真的。"

"我已经尽力了,"他说,"我真的尽力了。"我看着他。最后他笑了,说:"你得在这里躺一阵子,但你回家休养以后,我们再讲,嗯?想想等你可以走路以后,你到底要做什么。好吗?"

"好的。"我说。

但我从内心深处知道,我们从来没有谈过,以后也不会,我知道他一定永远都不会明白。我回家以后他跟我讨论我的未来,但我已经做好决定。我不要上大学。我不要再跟他和埃伦住在同一屋檐下。我摆布我父亲太成功了,让他真的以为我要去找工作、自立,是因为他的劝告、他对我的教育。我一搬出去,当然,面对他就显得容易多了,他没有理由觉得我把他排除在我的生活之外,因为每当我们谈到我的生活,我可以说他想听的话。我们处得很好,真的,因为我为父亲描述的我的生活,正是我自己迫切需要相信的。

因为我是——或者说我以前是——那种对自己的意志力引以为傲的人,能够做出抉择并贯彻到底。这项美德,跟其他大部分美德一样,本身就是模棱两可的东西。相信自己意志坚强、有能力掌握自己命运的人,只有成为一个自欺的专家才能继续相信下去。他们的抉择根本不是真正的抉择——真正的抉择让人谦恭,因为他知道事情受到许多无可名状的事物的支配——而是一套精巧的逃避机制,都是幻觉,用意是为了让自己和整个世界改头换面。这当然就是很久以前,我在乔伊床上所下定决心的结果。我决定这个宇宙不可以容下任何使我羞耻或害怕的事物。我做得很成功——我不看宇宙,不看我自己,我让自己保持在行进状态。即使是行进状态也免不了偶尔碰上延宕,就像飞机也会碰上垂直气流。这种情况很多,都是在完全烂醉、污秽的情形下发生的,有一次非常吓人,是我在军队时遇到的,一个娘炮因此上了军事法庭,被开除。他所受的惩戒给我内心带来的恐慌太真切了,导致后来我有时看见另一个男人眼中的恐惧,就感同身受。

结果,虽然不知道厌倦意味着什么,我还是厌倦了这种状态,厌倦了无趣的、没完没了的喝酒，厌倦了直率的、浮夸的、真诚的、毫无意义的各种友谊，厌倦了游荡在一群迫切的女人堆里，厌倦了仅够我温饱的工作。也许，就像我们在美国说的，我想要找到自我。这是个有趣的说辞，就我所知，它在任何其他语言里已经过时，它代表的不是字面上的意思，却透露出一个令人不安的怀疑，即有些东西放错了位置。如今我想，如果当初我得到任何提示，知道我要寻找的自我就是我一直在逃遁的自我，我会留在家里。但是我想，在我内心深处，当我搭上前往法国的船时，我完全知道自己在做什么。

2

遇到乔瓦尼是我到巴黎的第二年,那时候我身无分文。我们在傍晚相遇,而当天早晨,我刚被逐出我的房间。我没有欠很多很多钱,不过六千法郎,但巴黎的旅馆从业者似乎闻得到我身上的穷酸气,把我撵了出来,一如所有闻到臭味的人都会做的那样。

父亲银行账户里有一部分钱是属于我的,但他不愿意汇给我,因为他希望我回家。他说,回家,安顿下来吧,每次他这么说就让我想到积水潭底的沉淀物。那时我在巴黎认识的人并不多,赫拉人又在西班牙。我认识的人大部分是所谓"社会环境"的一分子,巴黎人是这样说的,这个社会环境急着要我成为其中一员,我坚持向他们也向自己证明我不是他们的同伙。我的做法是,花很多时间与他们共处,但同时表现出我对他们的宽容,我相信这种宽容使我免于被猜疑。当然,我也写信向朋友们借钱,但是大西洋又深又广,钱不会马上就到。

所以我坐在林荫大道上的一家咖啡馆喝着温热的咖啡,翻看通讯录,决定打电话给一个旧识,这家伙总是叫我给他打电话。他叫雅克,是一个出生于比利时的美国中年商人。他的公寓宽敞舒适,有酒有钱。如我所料,他接到我的电话显得很惊讶,在惊讶与我的吸引力耗尽、开始让他提防之前,他已经邀请我共进晚餐。他挂上电话时可能诅咒了一两句,然后看了看他的钱包,不过已经太迟了。也许他是个白痴，或是个懦夫，但大部分的人不是其中之一就是两者皆是，某种程度上我还算喜欢这个人。他是个傻瓜，又寂寞得很；总而言之，我现在明白了当时我对他的轻蔑，其实还包括了对我自己的轻蔑。有时他慷慨至极，有时又吝啬得不可言喻。虽然他希望能够信任所有人，其实他连一个也不信。为了补偿这一点，他在别人身上砸钱，因而无可避免地被利用。然后他扣紧钱包，锁上大门，退缩到强烈的自怜状态中，这可能是唯一他拥有而又完全属于他的东西。我想了很久，关于他宽敞的公寓、他善意的承诺，他的威士忌、大麻、性狂欢派对，这些都是杀死乔瓦尼的帮凶。也许，他的确杀了他。但是我手上的血腥绝不亚于他的。

乔瓦尼被判刑后不久，我其实见过雅克一面。他坐在路边的露天咖啡座，整个人裹在一件大衣里，喝着热红酒。露台上只有他一人。我经过的时候他叫住我。

他看起来并不好，脸色混浊，透过镜片所见的眼睛看起来像个垂死的人的眼睛，四处张望，寻找慰藉。

"你听说了，"我坐下来时，他悄声告诉我，"乔瓦尼的事吗？"

我点点头说是。我记得冬天的阳光闪耀着，我感觉像那阳光一样冰冷而遥远。

"实在太太——糟糕了，"雅克呻吟着，"太糟糕了。"

"是的。"我说。再也说不出另一个字。

"真不知道他为何要那么做，"雅克继续说，"他为什么不找朋友。"

他看着我。我们俩都知道乔瓦尼上次跟他借钱时被拒绝了。我没说什么。"人家说他开始抽鸦片,"雅克说道,"他需要钱买鸦片。你听说过吗?"

我听说过。那是报纸上的臆测,然而,我有理由相信。我记得他绝望的深度,记得他有多恐惧,以至于它变成了一个空洞,迫使他采取某些行动。"我,我想逃避,"他告诉过我,"我想逃避——这个肮脏的世界、肮脏的身体。我再也不愿跟身体之外的任何东西做爱。"

雅克等着我的回应。我盯着街上。我开始想象乔瓦尼的死亡——他存在过的地方将会一片空无,永远的空无。

"希望这不是我的错,"雅克终于说了,"那时候我没有给他钱。假如我知道的话——我什么都会给他的。"

但我们俩都知道这不是真的。

"你们在一起的时候,"雅克暗示,"你们不快乐吗?"

"不。"我说。我站了起来。"事情本来可以更好,"我说,"他应该就待在他的意大利小村庄,种他的橄榄树,生一堆孩子,打他的老婆。他以前好喜欢唱歌。"我忽然想起这回事,"他本来可以留在那里,唱一辈子歌,老死在自己的床上。"

这时雅克说了非常出乎我意料的事情。当我们真正被触动的时候,总是脱口说出令自己意想不到的话。"没有人可以在伊甸园里待一辈子,"雅克说,"真不知道为什么。"

我没有回应,只道声再见就走了。赫拉早已从西班牙回来,我们准备租下一栋房子,我跟她约好了要见面。

之后我一直在想雅克的问题，他的问题非常陈腐，但生活真正的问题所在就是它如此陈腐。最终，每个人还是走同一条路——这条路最光明的时候其实最黑暗也最危机重重。而事实是没有人可以永远待在伊甸园里。当然雅克的伊甸园跟乔瓦尼的不一样。雅克的乐园里有足球队员，乔瓦尼的有少女——但是两者并没有什么差别。也许每个人都有这样一个乐园，我不知道；但是没有几个人在燃烧的剑刺向他们之前能够真正看到这样的乐园，那么，生命只留给我们记得或是遗忘这样一个乐园的选择，记得需要勇气，遗忘也需要勇气，只有英雄才能两者都做到。记得的人在痛苦里承载着疯狂，永远因为记得已逝去的纯真而痛苦；遗忘的人背负另一种形式的疯狂，他们不承认痛苦的存在并憎恨着纯真。这个世界就是由这两种疯子所组成，一种记得，另一种不记得。英雄则是少之又少。

雅克不想和我在他的公寓里共进晚餐，因为他的厨子跑掉了。他的厨子总是跑走。他总是从外省找来年轻男孩帮他做饭，谁知道他是怎么办到的。当然，一旦他们对首都熟悉一点之后，立刻决定做饭不是他们的志业。通常到最后他们还是回到外省去，要是他们没有流落街头或入狱，或去了印度支那的话。

我跟他约在格勒纳勒街上一家不错的餐厅见面，开胃酒喝完之前我已经借到了一万法郎。他的心情很好，我的自然也不错，这意味着我们等下会去雅克最喜欢的酒吧喝酒。那是一个吵闹、拥挤、昏暗的隧道，声名可疑——也许不是可疑，只是名过其实。警察时不时会来临时检查，明显是与老板纪尧姆串通好的，那几个晚上他总是事先通报他的熟客,如果他们没有身份证,最好是去别的地方。

我记得那天晚上在酒吧里,比平常还要来得拥挤嘈杂。所有的常客都在,还有许多生面孔,有些打量着他人,有些只是随便看看。两三个很时髦的巴黎小姐跟她们包养的男人或者情人坐在一起,也可能是乡下来的表兄,天知道;小姐们很热络,她们的男伴则显得僵硬,大多数时候似乎都是小姐们在喝酒。那些有着啤酒肚、戴眼镜、眼神热切而有时绝望的男人都在,还有那些瘦得像刀子、穿着紧身裤的男孩们也在。你永远也不能确定后者要的到底是金钱、血液还是爱。他们不停地在吧台附近走来走去,跟别人要香烟,或是酒,眼神蕴藏着某种东西,既极易受伤而又异常坚韧。当然,那些娘娘腔也在场,他们的穿着打扮总是最奇异的搭配,像鹦鹉一样大肆吹嘘他们最新的恋情,而这些恋情似乎总是极度可笑。偶尔在深夜会有人冲进来,宣布他——但他们总是以"她"互称——才跟某个电影明星或拳击手在一起。所有人就围住新来的这位,场景看起来像一个孔雀园但声音听起来像个农场。我一直很难相信会有人跟他们上床,想要女人的当然宁愿找个货真价实的女人,而想要男人的肯定不会跟**他们**一起。也许正因为如此,他们才叫得那么大声。据说其中一个男孩白天在邮局上班,到了晚上才化妆戴耳环,浓密的金发高高盘起在头上。有的时候他甚至穿起裙子,脚踩着高跟鞋。通常他独自一人,除非是纪尧姆走过来逗他,人家说他非常和善,但我必须承认,他奇形怪状的外表让我不太自在;也许就好像看到猴子吃自己的排泄物那么令人作呕——可能猴子还不至于那么让人介意，如果它们不是如此怪诞地酷似人类的话。

酒吧的地理位置就在我住的街区里，我在旁边的工人咖啡馆吃过很多次早餐，酒吧打烊之后，那里也是附近夜归的鸟儿们休憩的地方。有的时候我跟赫拉一起，有的时候只有我一个人。这家酒吧我也来过两三次，有一次还喝得烂醉。我有回跟一个当兵的调情，还被人家责怪我造成了小小的轰动。对于那晚的事情，我很庆幸自己不太记得，我的态度是不管自己有多醉，绝不可能干出那样的事情。但他们认得我，我总觉得他们好像在拿我下注似的。他们观察我，好像他们是某个奇异的严格宗教规范的长老，依照我散发出来的、只有他们能够解读的信号来发掘我是否拥有天命。

当我们推开人群走向吧台——仿佛穿过一片磁场或是接近热源一样——雅克和我同时意识到有个新酒保在当班。他就站在那儿，傲慢而黝黑，像狮子一般，手肘靠着收银台，手指拨弄着下巴，望着人群。他站的位置像是一个海岬，而我们就是海洋。

雅克马上就被他迷住了。这么说好了，我感觉他准备要去征服对方。我感觉到容忍的必要性。

"我敢说，"我说，"你可能会想认识那个酒保。只要你说一声，我马上就走人。"

我的容忍来自对他的了解，虽然深厚却不带善意；也因为这层了解我才打电话向他借钱，雅克如果能够征服那个男孩，只可能后者是为钱卖身。如果他如此傲慢地站在拍卖席上，肯定可以找到比雅克更有钱更好看的买家。我知道雅克自己也明白这一点。我还知道，雅克现在对我的过度殷勤跟他的欲望有关，是他想要摆脱我的欲望，他想尽快能够鄙视我，一如他鄙视那些不为了爱却上他床的男孩们。我自有方法来对抗他的欲望，我假装我们俩是朋友关系，并且近乎羞辱地强迫他接受我的假设。我假装看不见他明亮而苦涩的眼里不愿睡去的性欲，继续剥削着他，用粗暴的男人的坦率让他知道他的处境无可救药，我强迫他永无止境地冀望下去。而最后我也知道，在这样的酒吧里我是他的保护神。只要人们看到我在那里，他就可以让自己相信我们是一道的，我是他的朋友，他不是因为绝望才去，不必等待机会和残酷的施舍，或是其他经济上与情感上贫穷的人来到他的身边。

"你就待在这儿，"雅克说，"我只要偶尔看看他，跟你说说话，这样可以省点钱——还可以保持愉快。"

"不知道纪尧姆在哪里找到他的。"我说。

因为他完全就是纪尧姆梦想中的男孩，能够找到他真是不可思议的事。

"你要喝什么？"现在他问我们了，虽然他不会说英文，他的声调传达出他已经知道我们一直在讲他，而他希望我们已经讲完了。

"一杯干邑加水，"我说，"还有纯干邑。"雅克说，我们两个都说得太快，看到乔瓦尼送酒过来时脸上的笑意，我知道他看到我刚才脸红了一下。

雅克自行把乔瓦尼的浅笑解释成他的机会，"你是新来的吗？"他用英文问他。

乔瓦尼肯定听得懂他的问题，但他恰当地面无表情地看了看雅克再看了看我，又看了看雅克。雅克把问题翻译了一遍。

乔瓦尼耸耸肩。"我已经来了一个月。"他说。

我知道他们等一下会说什么，我低着头喝我的饮料。

"这一定，"雅克暗示道，带着一种粗暴的坚持，但又故作轻松，"对你来说很奇怪。"

"奇怪？"乔瓦尼问道，"为什么？"

然后雅克咯咯地笑了。忽然之间我觉得跟他在一起真是可耻。"有这么多男人，"——我知道他那个声音，上气不接下气，巴结地，声调比女孩子还要高，让人想到七月沼泽地那种静止不动、毫无生气的热气——"有这么多男人，"他倒抽了一口气，"女人这么少。你不觉得奇怪吗？"

"啊，"乔瓦尼说，一边转过头去服务另一个客人，"她们一定都在家里等着。"

"我相信你家里就有一个在等你。"雅克执意说道，乔瓦尼没有反应。

"好吧，"话题没有持续很久，雅克一半对着我说，一半对着乔瓦尼刚才置身的空间说，"你难道不高兴你留下来了吗？现在我是你一个人的了。"

"你完全理解错了，"我说，"他为你疯狂。他只是不想表现得太猴急，帮他点个酒。看看他喜欢在哪儿买衣服，告诉他你有一辆小巧玲珑的阿尔法·罗密欧①,想送给一个值得给的酒保。"

"非常好笑。"雅克说。

"哎呀,"我说,"意志坚定的运动员才能赢得比赛,肯定没错。"

"不管怎样,他一定也跟女孩子上床。他们都那样,你知道的。"

"我听说过有些男孩会这样,龌龊的小野兽。"

我们沉默地站了一会儿。

"你为什么不邀请他跟我们喝一杯?"雅克提议。

我看着他。

"我为什么不?好吧,你可能会觉得难以相信,但是,事实上,我自己也是喜欢女生的怪胎。如果站在那边的是跟他一样好看的他的妹妹,我会邀请她跟我们喝一杯。我不花钱在男人身上。"

看得出来雅克挣扎着不要说破,我没有拒绝男人花钱在我身上的事实;我看着他轻笑着,短暂挣扎了一下,我知道他说不出口;然后他带着欢欣而勇敢的笑容说:

"我不是叫你拿你无瑕的男子气概来冒险,那是你的骄傲,"——他顿了一下——"我完全没有那个意思。我只是说你来邀请他好了,因为我去的话他几乎一定是会拒绝的。"

"但是老兄,"我咧嘴笑着说,"想一想会造成的困惑。他会以

---

① 阿尔法·罗密欧是意大利著名轿车和跑车制造商,创建于1910年。

为是我在垂涎他的身体。那我们要怎么办？"

"如果造成困惑的话，"雅克带着尊严说，"我会很乐意把情况说明白。"

我们互相打量了对方一会儿，然后我笑了。"等他再回来这边。我希望他点两大瓶法国最贵的香槟。"

我转过去，靠着吧台。不知怎么的我有点兴高采烈。在我旁边的雅克，原本非常安静，忽然显得苍老而脆弱，我警觉到自己对他的怜悯。乔瓦尼下场去服务坐在桌边的客人，回来时脸上带着勉强的笑容，手上的托盘是满的。

"说不定，"我说，"我们的杯子若是空的会比较好。"

我们把酒喝完以后，我放下了我的杯子。

"酒保？"我叫了。

"一样的吗？"

"是的。"他转身要走。"酒保，"我很快地说，"可以的话，我们想请你喝一杯。"

"好啊！"我们后面有人说道，"真是厉害。你终于不只——感谢上帝！——让这个伟大的美式足球运动员堕落，你还利用他让**我的**酒保堕落。真的。雅克，而且是在你这个年纪！"

纪尧姆站在我们后面，笑得像个电影明星，挥舞着永远握在他手里的一条长长的白手帕。雅克转身，难得有人称赞他的魅力，这使他分外高兴，他与纪尧姆拥抱，仿佛两人是舞台剧老红伶。

"怎么样，我亲爱的，你好吗？我好久没看到你了。"

"我最近忙得要命。"雅克说。

"我相信是的！你不觉得可耻吗，老妖精？"

"那你呢？你看来也没浪费自己的时间。"

雅克高兴地朝乔瓦尼的方向看了一眼，好像他是一匹名贵的赛马或是一件稀有瓷器。纪尧姆跟着看了一眼，他声音低了下来。

"那个啊，亲爱的，完全是公事，你懂吧？"

他们走到旁边，忽然之间我被可怕的沉寂笼罩。终于我抬起头看乔瓦尼，他也在看着我。

"我想你说过要请我喝一杯。"他说。

"是的，"我说，"我是说要请你喝一杯。"

"我上班时不喝酒，但我可以喝个可口可乐。"他拿起我的杯子。"你——点一样的吗？"

"一样的。"我发现自己很高兴与他攀谈，这让我害羞了起来，我还有遇到危险的感觉，因为雅克不在我身边。然后我想到我得付酒钱，至少这一轮我要付；我不可能去拉雅克的袖子要钱，好像我是他的跟班一样。我咳了一声把我一万法郎的钞票放在吧台上。

"你很有钱。"乔瓦尼说，把酒放到我面前。

"不，不是的，我只是没有零钱。"

他笑了笑。不知道他笑是因为他以为我在撒谎，还是知道我说的是实话。他沉默地拿了钱结账，小心算好零钱放在我面前。然后他把自己的杯子装满，回到原来收银机旁的位子站好。我觉得胸口一阵紧。

"干杯。"他说。

"干杯。"我们喝酒。

"你是美国人吗?"他终于问了。

"是的,"我说,"从纽约来的。"

"啊!我听说纽约很美。比巴黎还美吗?"

"喔,不会,"我说,"没有一个城市比巴黎还美——"

"好像一个城市有可能比巴黎还美就会让你很生气,"乔瓦尼笑了,"原谅我。我不想被当作异端。"然后他语气认真,像是为了平息我的怒气一般说道,"你一定很喜欢巴黎。"

"我也喜欢纽约,"我说,语气里包含的防御性让自己觉得很不舒服,"但是纽约美的地方跟巴黎很不一样。"

他皱眉头:"哪里不一样?"

"没看过的人,"我说,"绝对没办法想象。纽约很高、很新,是电气化的——很刺激。"我停顿下来。"很难形容。非常的——二十世纪。"

"你觉得巴黎不属于这个世纪吗?"他笑着问。

他的笑容让我觉得自己有点蠢。"嗯,"我说,"巴黎很古老,巴黎是很多个世纪。在巴黎,你感觉到逝去的时间。在纽约则不是这样的感觉——"他还在笑,我停下来。

"你在纽约有什么感觉?"他问。

"也许你会感觉到,"我告诉他,"未来在你的眼前。那里的力量如此之大,所有的东西都在动态之中。你没办法不去想——我没办法不去想——经过许多年以后,事情会变成什么样子。"

"许多年以后?当我们都死了而纽约老了的时候?"

"是的,"我说,"当每个人都累了,当这个世界——对于美国人——不再那么新的时候。"

"我不知道为什么这个世界对美国人而言是新的,"乔瓦尼说,"毕竟,你们都只是移民。你们离开欧洲还没有多久。"

"海洋是广阔辽远的,"我说,"我们的生活跟你们的不一样,那里发生了一些事,在这里从来没有发生过。你应该可以理解这会让我们变成不一样的人吧?"

"啊!如果只是让你们变成不一样的人就好了!"他笑了,"你们好像还变成了不同物种。你们究竟是不是另一个星球来的?我以为若是那样的话,事情才有合理的解释。"

"我承认,"我有点激动地说——因为我并不喜欢被嘲笑——"有时候我们可能让人有那种印象。但我们并不住在另一个星球,而我的朋友,你也不是。"

他又咧嘴而笑。"我绝对不会,"他说,"去否定那个最不幸的事实。"

我们沉默了一会。乔瓦尼去吧台另一边服务几个客人。纪尧姆跟雅克还在说话。纪尧姆好像在陈述他那些冗长的轶事趣闻,不是跟生意的风险有关就是跟恋爱的风险有关,雅克的嘴好像笑僵了。我知道他恨不得可以回到吧台来。

乔瓦尼又站到我面前,开始用湿抹布擦拭吧台。"美国人很好笑。你们对时间的感觉很有意思——还是你们对时间一点感觉都没有,我分不出来。时间对你们而言好像一个**你们自家**的游行——一个胜利的游行,好像军队举着标语入驻一个小镇。好像时间很充裕,而且对美国人而言够不够似乎也不太重要,不是吗?"然后他又笑了笑,嘲谑地看了我一眼,但我什么也没说。"然后,"他继续说,"好像有充裕的时间,加上你们可怕的活力还有美德,万物好像都有所归属,可以被解决处理。我说的万物,"他严肃起来,"是指所有严肃的、令人生畏的事情,比如说痛苦、死亡和爱,总之就是你们美国人不相信的。"

"你凭什么认为我们不相信?那你自己相信什么?"

"我不相信什么时间。时间很普通,就像水之于鱼。每个人都在水里,没有人可以离开,如果有人真的离开了,就像鱼离开了水一样,他会死的。你知道在这个时间的水里会发生什么吗?大鱼吃小鱼。就是如此。大鱼吃小鱼,海洋一点也不在乎。"

"拜托,"我说,"我才不相信那一套。时间不是水,我们也不是鱼,你可以选择被吃或不要吃——"很快地我回答他,脸色转红,他在我面前嘲讽地笑着,"小鱼,毫无疑问的。"

"做选择吧!"乔瓦尼叫了出来,脸转过去说话,好像有一个看不见的人一直在听我们说话。"做选择吧!"他又转回来,"啊,你真的是个美国人。我真是欣赏你的热情!"

"我也崇拜你的热情,"我礼貌地说,"虽然你的热情好像比我的还要黑暗一点。"

"不管怎样,"他温和地说道,"我不知道小鱼除了拿来吃以外还能做什么。不然还能怎么办?"

"在我的国家,"我说,一边说着一边感觉到内心的交战,"小鱼好像聚在一起蚕食大鲸鱼的身体。"

"那也不会让他们变成鲸鱼，"乔瓦尼说，"蚕食的唯一结果就是壮丽的会消失殆尽。甚至在海底深处也找不到。"

"那个就是你对我们不满的地方吗？我们毫无壮丽可言？"

他笑了——笑得好像是一个准备放弃辩论的人，因为他的反方过于不堪一击。"有可能。"

"你们这些人真是无可救药，"我说，"你们才是扼杀壮丽的人，就在这个城市里，用铺路的石子，还说什么小鱼——！"他在笑。我停住不说了。

"别停，"他说，还在笑着，"我在听。"

我喝完我的酒，"你们把这些**狗屎**丢到我们头上！"我绷着脸，"然后你们说，因为我们很臭所以我们是野蛮人。"

我的不开心让他觉得很有趣。"你真是迷人，"他说，"你说话一向如此吗？"

"不，"我低下头说，"几乎从来没有这样过。"

他有喜欢调情的天性。"那么我很荣幸。"他说，语气突然带上了让人不知所措的稳重，尽管如此，还是存在着一丝嘲弄。

"那么你呢，"我终于说，"你来很久了吗？你喜欢巴黎吗？"

他犹豫了一下，然后笑了，忽然看起来像男孩子一般的害羞。"这里的冬天很冷，"他说，"我不喜欢。而且巴黎人——我不认为他们是友善的，你觉得呢？"他没有等我回答，"他们跟我年轻时认识的人不太一样。在意大利，大家都很友善，我们唱歌、跳舞、做爱，但这些人——"他看向吧台，然后再看向我，喝完他的可口可乐，"这些人，他们很冷淡，我不了解他们。"

"但是法国人说，"我开他玩笑，"意大利人太善变，反复无常，没有分寸——"

"分寸！"乔瓦尼叫出来，"啊，这些人跟他们口中的分寸！他们以克为单位，以厘米为单位，这些人，他们继续堆积垃圾，年复一年地堆上去，塞在丝袜里或是床下——然后最后量出了什么？一个崩塌的国家，一块一块的，就在他们的眼前。分寸。我不想在你面前说这些刺耳的话，我知道这些人在做出任何行动之前做多少考量。我现在可以请你喝酒吗？"他忽然问我，"在那个老家伙回来之前？他是谁？他是你叔叔吗？"

我不知道他是否委婉地使用了"叔叔"这个词。我迫切需要澄清我的立场，但不知该如何下手。我笑了。"不，"我说，"他不是我叔叔。他只是我认识的人。"

乔瓦尼看着我。我觉得这辈子从没有人那么直接地看着我。"我希望他跟你不是很亲，"他带着笑容说，"因为我觉得他很蠢。不是个坏人，你知道的——只是有点蠢。"

"也许吧，"我说，立刻觉得自己像个叛徒。"他不坏，"我马上加了一句，"他其实人蛮好的。"那也不是真的，我心里想，他离好人远得很。"反正，"我说，"他跟我不是很亲。"马上我又觉得胸口一阵紧，同时对自己的声音也感到诧异。

乔瓦尼小心翼翼地帮我倒酒。"美利坚万岁。"他说。

"谢谢你，"我举起我的杯子说，"旧大陆万岁。"

我们沉默了一会儿。

"你常来吗？"乔瓦尼忽然问。

"不,"我说,"不常来。"

"但你以后会来的,"他调侃道,脸上有种奇妙、嘲讽的神采,"会更常来吧?"

我有点口吃了:"为什么?"

"啊!"乔瓦尼叫出来,"当你交了一个朋友难道你会不知道吗?"

我知道我一定看上去傻乎乎的,就连我的问题也傻乎乎的:"那么快?"

"这有什么不对吗?"他说,非常合理地,然后他看了看表,"你愿意的话,我们可以再等一个小时。到时候我们再成朋友。或者等到打烊,到那时再变成朋友。也可以等到明天,只是那样的话你明天必须再来,到时候说不定你有别的事要做。"他把表拿走,两只手肘都靠在吧台上。"告诉我,"他说,"时间到底是个什么玩意儿?为什么晚一点比早一点好?人们总是说,我们一定要等,一定得等。他们在等什么?"

"嗯,"我说,觉得自己被乔瓦尼带进了危险的深水区,"我想人们之所以等待,是为了确定自己的感觉。"

"为了**确定**!"他又转向那条看不见的巷子笑了。也许我开始觉得他的灵魂让人紧张不安,但从那没有空气的巷道传来他的声音,是那么不可置信。"很明显你是个哲学家。"他把手指指向我的心脏,"当你等待之后——你确定了吗?"

关于这点我无话可答。从吧台中央黑压压的一片里传出一个声音。"服务生!"他离开我这边,笑着说:"你可以等了,等我回来时再告诉我你有多确定。"

他端起他的铁质圆托盘走向人群。我看着他移动。然后我看着他们的脸,看着他。然后我开始害怕。我知道他们刚才在看,一直看着我俩。他们知道他们已经看到了事情的开端,不看到最后是不会罢休的。过了一段时间主客终于易位,现在我在一个动物园里,他们看着我。

我独自一人在吧台站了好一阵,雅克虽然避开了纪尧姆,但这个可怜的人,又跟两个瘦得跟刀子似的男孩纠缠在一起。乔瓦尼很快回来,然后眨了眨眼。

"你确定了吗?"

"你赢了。你才是哲学家。"

"哦,你应该再等一下。你还不够认识我,不能说这样的话。"

然后他把托盘装满又再度消失。

某个我从没见过的人从暗处向我走来。他看起来像个木乃伊,或者僵尸——这是我强烈的第一印象——好像一个死掉的东西在走路。而且真的,他走得好像一个正在梦游的人,或是电影里慢动作的人。他拿了一个玻璃杯,蹑着脚走路,平坦的臀部以一种死气沉沉、令人毛骨悚然的淫欲移动着。他好像没有发出一点声响;这是因为吧台的嘈杂声,在晚上听起来就像远处传来的海洋的怒吼。昏暗的灯光下他闪闪发光,那稀疏的黑发上有许多发油,往前梳成刘海;眼睑上的睫毛膏荧荧闪亮,嘴唇狠狠地涂上了唇膏。脸是白的,全无血色,打了粉底。他的衬衫扣子挑逗地开到了肚脐,露出无毛的胸部和一个银色的十字架;衬衫外还罩了一层纸一般薄的薄衫，在强烈耀眼的光照之下，泛出红色绿色橙色黄色还有蓝色，让人觉得那个木乃伊好像随时都会消失在火焰里。腰上系着一条红色的饰带，紧身裤让人意外地是暗灰色。他的鞋子上有鞋扣。

我不确定他是不是向我走来，但我无法不盯着他看。他在我面前停住，一手放在臀部上，一面上下打量我，然后笑了。他刚吃过大蒜，而且他的牙齿非常糟糕。我震惊地发现，他的手又大又有力。

"好啊，"他说，"你觉得高兴吗？"

"什么？"我说。

其实我不确定有没有听清楚他说了什么，不过他异常明亮的眼睛似乎盯着我脑袋深处某个很有趣的地方，让我没有怀疑的余地。

"你喜欢他吗——那个酒保？"

我不知道该说什么或做什么。当时似乎不可能打他，也不可能生气。事情似乎都不真实，他也不像个真人。而且——不管我说什么，那对明亮的眼睛都会嘲弄我。我尽可能以最冷淡的语气说："那关你什么事？"

"那跟我一点关系也没有，亲爱的。我不在乎。"

"那么请你离我远点。"

他没有马上行动，反而又对我一笑。"这很危险，你知道的。对一个像你这样的男孩而言——他非常危险。"

我看着他，差点就脱口问他是什么意思。"下地狱吧。"我说，然后转过身去。

"喔，不，"他说，我又盯住他看，他咧开没剩几颗牙的嘴笑着，"我不去地狱。"然后他用大手抓紧十字架。"倒是你，我亲爱的朋友，我怕你会被炙热的火焰烧死。"他又笑了。"哦，那样的烈火！"他碰了碰自己的额头，"这里，"他扭动身体，好似被折磨。"到处。"然后他碰了碰自己的心脏。"还有这里。"他嘲讽而不怀好意地看着我，带着恶意、嘲讽还有别的东西；他看着我，好像我在很远的地方。"喔，我可怜的朋友，那么年轻，那么强壮，那么英俊——你愿意请我喝一杯吗？"

"去你妈的。"

他的脸像哀伤的婴孩或垂垂老者一般布满皱褶——那哀伤也像是一个老去的女演员，年轻时以她脆弱的、孩童似的容颜而著名。黑色的眼睛因怨恨和愤怒变得眯缝起来，猩红色的嘴唇下垂，仿佛是悲剧的面具。"你将充满悲伤。"他说，"你将会非常不快乐，记得我这样告诉过你。"

然后他直起身，好像自己是个公主，像是着了火般穿过人群离开。

然后雅克在我身边开腔了。"酒吧里的每个人，"他说，"都在说你跟酒保两个有多么相见恨晚。"他给我一个灿烂的、报复性的笑容。"我相信应该是没什么误会吧？"

我低头看着他，我想对他那张兴高采烈的、丑陋而世故的脸做些什么，好让他永远不可能像刚才那样对别人笑。然后我想离开这家酒吧，进到空气中，也许去找赫拉，我那突然间饱受威胁的女孩。

"没有什么误会,"我厉声说,"你最好也不要误会。"

"我想我可以打保票,"雅克说,"我再也没有比现在更不误会的时候了。"他不再笑;一本正经地、苦涩不带表情地看了我一眼。"而且,冒着失去与你如此真诚友谊的危险,我来告诉你一件事。误会是一种奢侈,只有非常非常年轻的人才有资格承担,而你已经不那么年轻了。"

"我不知道你在说什么,"我说,"我们再喝一杯吧。"

我觉得我最好还是喝醉吧。乔瓦尼又走到吧台后面,朝我眨了眨眼。雅克的视线没有离开过我的脸。我无礼地转过身面对吧台。他跟着我做。

"我也一样。"雅克说。

"当然,"乔瓦尼说,"就该这样。"他帮我们倒酒。雅克付了钱。我猜我的脸色不太好看,因为乔瓦尼开玩笑地对着我大吼:"咦,你已经醉了吗?"

我抬起头笑了,"你知道美国人是怎么喝酒的,"我说,"我还没开始呢。"

"大卫离喝醉酒还早得很,"雅克说,"他只是老大不高兴地在想他得买双新的吊袜带。"

我恨不得杀了雅克。但是我好不容易才忍住不笑。我向乔瓦尼做个鬼脸,表示这老家伙开了个私人的玩笑,然后他又消失不见了,又是大批人潮进出酒吧的时间了,反正他们等一下都会再度碰面,在最后的那家酒吧,那些很不幸的、到了夜深还找不到伴的人。

我没办法看着雅克,他也知道。他站在我旁边,没有目的地笑着,哼着一首曲子。我什么也没办法说。我无法提起赫拉。我甚至没办法骗自己我很难过她现在人在西班牙。我很高兴,毫无保留地、无可救药地、可怖地高兴起来,极度的兴奋感如暴风雨在我心中升起,我知道我完全无法控制。我只能喝酒,暗自希望这个暴风雨不会继续在我的土地上带来灾难。但我很快乐。唯一的遗憾是目击者竟然是雅克。他让我觉得羞耻。我恨他,因为经过数月的等待他终于可以目睹他几乎已经不抱希望看见的事情。事实上,我们两个一直在玩着一个致命的游戏,而他是赢家。他还是赢了,虽然我曾经作弊。

我人就站在吧台,尽管如此,我但愿能找到力量转身离开——也许到蒙帕纳斯区去找个女孩。任何女孩子都可以。但我办不到,我站在吧台旁,告诉自己一堆谎言,但是我动不了。有部分原因是因为我知道这已经不重要了;甚至是我再也不跟乔瓦尼说话也无所谓;因为一切都浮出台面了,明显得像是火焰公主衣服上的饼干,一切都冲到我的面前,我的觉醒,我的可能性。

我就是这样遇见乔瓦尼的。我们见面的那一刻彼此就有感应。一直到现在还是,虽然后来我们分开了,虽然乔瓦尼不久就会在巴黎附近一块未被挖空的土地里开始腐烂。一直到我死去为止,那些时刻都会存在,仿佛麦克白的女巫顷刻间由地底蹿出,他的脸会出现在我面前,脸上记录着一切的变化,他的声音和说话的语气几乎要胀破我的耳朵,他的气味将充斥在我的鼻孔。在未来的某些时刻——如果上帝允许我活着体验那些时刻：在灰暗的早晨，嘴里满是酸味，眼睑干涩而泛红，发丝因暴风雨般的睡眠潮湿打结，我面对着咖啡与香烟，昨夜那个无法穿透的、没有意义的男孩将如烟一般短暂浮现又消失，我将会再见到乔瓦尼，如同那一夜，如此鲜明，如此令我臣服，那条昏暗的隧道里所有的光都会环绕在他的头上。

3

早上五点的时候纪尧姆在我们身后锁上酒吧的门。灰色的街上空无一人。酒吧转角的肉店已经开张,从外面可以看到那个屠夫,他已经浑身是血,斩着肉。一辆巴黎的绿色巴士隆隆地驶过,车里几乎是空的,它明亮的电动信号旗猛烈摇晃着,表示要拐弯。一个咖啡馆店员在他的店门前把水倒在人行道上,然后扫到水沟里。这条长而蜿蜒的路底是一条林荫大道,藤椅堆得高高的咖啡店,还有圣日耳曼德普雷区宏伟的尖塔——我跟赫拉相信这是巴黎最壮丽的尖塔。后面的街道延伸到河边,经过我们身边和后面看不到的地方,迂回地流到蒙帕纳斯区。那个名字取自第一个在欧洲播种庄稼的探险家,那庄稼到今天仍有收成。我经常从这条街走到河边,有时候赫拉也在,更多的时候,我独自一人,走向蒙帕纳斯区的女孩们。这也不是很久以前的事情,不过那天早上感觉起来像上辈子的事一样。

我们要去巴黎大堂区① 吃早餐。我们塞进一辆出租车,总共四个人,挤得很不舒服,这个情景让雅克和纪尧姆泛起一堆下流的猜测。这种下流特别令人恶心,不仅因为它完全缺乏智慧,而

---

① 巴黎大堂区(Les Halles)是位于巴黎中心的一个商业区域,位于第一区。它的前身是1971年拆除的中央批发市场,取而代之的是一个现代化的地下购物区——大堂广场。

且显然是轻视和自卑的表现；它从他们身上像黑色的水从喷泉里喷出来，变成泡沫上升。很明显他们是在逗弄我和乔瓦尼，让我咬牙切齿。但乔瓦尼向后靠在车窗旁，让他的手臂轻轻压在我的肩膀上，好像在说我们很快就可以摆脱这些老家伙，不必去担心他们的脏水溅到我们身上——我们可以轻易地洗掉。

"你看，"乔瓦尼在我们过河的时候说，"巴黎，这个老娼妇，在她要就寝时，是很动人的。"

我向外看，从他轮廓滞重的侧面看出去，他的侧面是灰色的——因为疲倦，以及天空的光线。黄色的河水涨起来，河面上没有东西在动。驳船沿岸停靠。城市的岛屿离我们愈来愈远，承载着大教堂的重量；更远的地方，因为车速以及雾，模模糊糊地可以看到一个一个的屋顶，许许多多蹲踞的烟囱非常美丽，在珍珠般的天空下色彩缤纷。雾依附在河上，让军队般庞大的树林看起来很柔和，软化了那些石头，隐藏了城市里可怕的螺旋式的街道和死巷，像是那些睡在桥下的人们甩不开的诅咒——其中一人从我们下面闪过，非常黝黑而寂寞，正沿着河畔走路。

"一些老鼠已经回家，"乔瓦尼说，"其他的老鼠又出来了。"他苦笑地看着我；我怎么也没有想到，他执起我的手握住。"你有没有在桥下睡过？"他问我，"还是在你的国家，桥下有柔软的床和温暖的被子可用？"

我不知道该拿我的手怎么办，似乎最好是什么都不做。"还没有，"我说，"不过可能快了。我住的旅馆想把我撵出去。"

我轻描淡写地说，脸上带着笑，想让自己冷酷一点，不要跟他差太远。但我说这话的时候手被他握着,这让我听起来好像孤立无助,软弱又腼腆。我没办法说别的来淡化这个印象;再说更多只是印证而已。我把手拿开,假装我是为了找香烟。

雅克帮我点烟。

"你住在哪里?"他问乔瓦尼。

"喔,"乔瓦尼说,"很远。非常远,快要离开巴黎了。"

"他住在一条很恐怖的街上,靠近民族广场,"纪尧姆说,"跟那些可怕的布尔乔亚阶级,以及他们猪一样的小孩在一起。"

"你没有在恰当的年纪看到他们,"雅克说,"他们会经过一些阶段,很短,唉。猪是**唯一**他们不会让你想到的动物。"然后又对着乔瓦尼:"住在旅馆吗?"

"不,"乔瓦尼说,第一次看起来有点不自在,"我住在一个女佣的房间。"

"跟女佣一起吗?"

"没有,"乔瓦尼说,然后笑了,"女佣不知身在何处。如果你看过我的房间就可以确定那里没有女佣。"

"我很乐意。"雅克说。

"那我们找一天为你办个派对。"乔瓦尼说。

这实在过于礼貌而大胆,好像欢迎任何进一步的问题,差点就让我真的开口发问。纪尧姆看了一下乔瓦尼,乔瓦尼没有看他而是看着外面的早晨,吹着口哨,过去六个小时我一直在下决定,现在我又下了一个:等到我跟他在巴黎大堂区有机会独处,赶快跟乔瓦尼把所有的事情解决掉。我本来是要说他搞错了,但我们还是可以当朋友。但我不能确定是否搞错的人是我，瞎了眼一样误会所有的事；而当然我也羞愧得不敢开口。我在一个盒子里，不管我怎么转身，告解的时间一步步逼近，几乎没有避开的可能；除非，当然，我跳出车外，那就成了最糟糕的一个告解。

现在出租车司机问我们要到哪儿，我们已经到达堵塞的大道，巴黎大堂区那些小街车子无法过去。韭葱、洋葱、甘蓝菜、柳橙、苹果、马铃薯、花菜一堆堆的到处都是，在人行道上，在街上，在大的铁库房前面。那些库房有好几个路口长，库房里堆了更多的水果、更多的蔬菜，有一些库房里是鱼，有一些是芝士，有一些是整只动物，刚刚才被宰杀。让所有的东西都被吃掉几乎是不可能的事。但再过几个小时这些全部都会消失，卡车从巴黎各处到来，让这一窝蜂的中间商赚得钵满盆满，喂饱闹哄哄的这许许多多的人。他们正吵闹着，这些声音既刺耳又悦耳，车子的前后左右都是人——我们的出租车司机，还有乔瓦尼，对着他们吼回去。巴黎的民众好像除了星期天每天都穿蓝色，在星期天大多数人穿戴有不可思议的节庆气氛的黑色服饰。他们现在就穿着蓝色衣裙，推着他们的马车、手推车、卡车，以陡峭的角度自信满满地背着满得要溢出来的篮子，与我们寸土必争。一个红脸的女人，背着水果，叫喊着——对着乔瓦尼，对着司机，对着全世界——特别生动的脏话，对此，乔瓦尼和司机毫不迟疑，声嘶力竭地回应，不过那位卖水果的女士早就离开我们的视线，可能早就忘了她下流的推测。我们徐徐行进，因为没人告诉司机在哪里停车，乔瓦尼和司机进到大堂区之后，马上成了兄弟，讨论着巴黎市民的卫生问题、语言、私处和习惯（雅克和纪尧姆交换一些想法，不必说，较为不怀好意，有关每一个走过的男子）。人行道因为垃圾而湿滑，大都是不要的东西，烂掉的菜叶、花、水果和蔬菜，它们变成这样的惨状是自然的，只不过速度有别。墙壁和街角都是小便池，临时搭起的炭盆里升着小火，还有咖啡店、餐厅、冒着烟的黄色小饭馆——有一些小到只不过是个菱形的空间，里头角落放着酒瓶，还有镀锌银色吧台。在所有这些地方，男人们，年轻的、年老的、中年的，充满力量，甚至是他们遭遇各种失败的方式也一样有力；女人妆化得太浓，精明能干又有耐性，精于计算和测量——还有叫喊——补足她们所缺乏的力量；虽然其实缺得并不多。没有一样让我想到家乡。乔瓦尼却是如鱼得水。

"我知道一个地方，"他告诉司机，"有一段距离。"然后说了地点所在。结果那是司机最喜欢的约会场所之一。

"那地方在哪里？"雅克莽撞地问，"我以为我们要去——"他说了另一个地方。

"你开玩笑吧，"乔瓦尼说，带着不屑。"那里非常糟糕又非常贵，是给观光客去的，我们又不是观光客，"他补充说明，对着我，"我刚来巴黎的时候在大堂区工作——做了很久。我的天啊，那些工作！我祈祷永远不必再做那种工作。"然后他看了看我们经过的街道，带着悲伤，有一点戏剧化而自嘲，但感情真挚。

纪尧姆从他那个角落说："告诉他是谁救了你。"

"喔，是的，"乔瓦尼说，"看啊，我的救星，我的老板。"他沉默了一会儿。然后说："你不会后悔吧？我没有造成什么伤害吧？你满意我的工作表现吗？"

"当然了。"纪尧姆说。

乔瓦尼叹气，"当然。"他又一次看向窗外，还是在吹口哨。我们来到一个车子特别少的街角。出租车停了下来。

"到了。"司机说。

"到了。"乔瓦尼附和说。

我伸手掏皮夹，但乔瓦尼很快抓住我的手，生气地对我眨眨睫毛，传递给我一种智慧：这些下流的老家伙至少应该付钱。他开门走到街上。纪尧姆没有掏皮夹，雅克付了车钱。

"啊，"纪尧姆说，盯着我们面前的咖啡店的门，"我确定这里闹寄生虫。你是想毒死我们吗？"

"你要吃的不是外表。"乔瓦尼说，"你去的那些致命的时髦场所更容易中毒，它们脸面上干干净净，但，我的天啊，那些屁股。"他咧嘴笑。"相信我。为什么我要毒死你？那我就没工作了，我最近才发现我还想活下去。"

乔瓦尼还在笑，雅克跟纪尧姆交换一下眼神，即使我敢去解读也还是看不懂；雅克推着我们走，好像我们是他养的鸡，用他那种笑容说："这么冷我们不要在外面争辩。如果我们不吃东西也可以喝酒。酒精可以杀死微生物。"

纪尧姆忽然高兴起来——他真的不可思议，好像他身上藏有一支满是维生素的针筒，到快昏倒的时候就会自行释放到他的血液里。"里面有年轻人。"他说，我们进去。

里面的确有年轻人，六七个人坐在镀锌的吧台喝着红酒或干白,还有其他人,一点都不年轻。一个长麻子的年轻人跟一个看起来很沧桑的女孩在窗户旁边玩弹珠台。有一些人坐在后面的座位上,一个长相异常干净的服务生在为他们服务。昏暗中,肮脏的墙,木屑覆盖的地板,让他的白色夹克像雪一样闪闪发光。在桌子的后面,可以隐约看到厨房,还有那个凶巴巴的胖厨师,他像一辆超载的卡车笨重地移动,戴着那种白色的高帽,嘴里咬着一根熄掉的雪茄。

柜台后面坐了一位那种绝对无法仿效、不可能被击败的女士,只有在巴黎这个城市才看得到,但这里有很多像她们这样的人,如果她们出现在别的城市,会像美人鱼出现在山顶一样让人震惊而不安。巴黎到处都有这样的女士,她们就像雌鸟在巢里一样坐在柜台后面,像孵蛋一样盯着收银机。天下的事没有一件逃得过她们的眼睛,如果她们能被什么事情惊动,那也只是在梦里——而她们早就不再做梦。她们的心肠不好也不坏,她们有自己的风格,而且,在某种层面上,就好像人们知道自己需要上厕所,她们对于所有进出的人了解得一清二楚。有些有白发,有些没有,有些胖,有些瘦,有些已经是祖母,有些到最近还是处女,她们全都有一样世故而空洞、全知的眼神;很难相信她们曾哭着要奶喝,或看过太阳;她们好像一出世就渴望着钞票,眼睛无可救药地眯起来,只有看到收银机才能对焦。

这一位有黑灰相间的头发,一张布列塔尼[①]的脸,跟其他站

[①] 法国西北部的一个地区,濒临大西洋。

在吧台的人一样认识乔瓦尼，照她的行为看来，是喜欢他的。她胸部丰满，一把将乔瓦尼抓到面前；她的音量高，声音低沉。

"啊，我的朋友！"她大叫，"你回来了！你终于回来了！婊子！现在你有钱了，交了有钱的朋友，你再也不回来看我们了！坏蛋！"

她眼光扫射我们这些"有钱"的朋友，态度友善可爱，又刻意地暧昧；她可以毫无困难地帮我们每个人从出生到今天早上为止的人生作传。她完全知道谁是有钱人——以及其富有程度——她知道那个人不是我。也许，就因为这个原因，她看我的时候比别人多了一丝猜疑。然而，要不了多久，她将会知道她可以明白这一切。

"你知道事情就是这样，"乔瓦尼说，替自己找台阶下，把头发甩到后面，"一旦你开始工作，认真起来，就没有时间玩耍。"

"你说真的，"她说，带着嘲弄，"不开玩笑？"

"但我向你保证，"乔瓦尼说，"即使是像我这样年轻的人，还是会很累。"——她笑了——"你只有早点上床睡觉。"——她又笑了——"而且是自己一个人。"乔瓦尼说，好像这可以证明一切。她用牙齿发出同情的咔哒声，又笑了。

"现在，"她说，"你是要来还是要走？你是来吃早餐还是喝睡前酒？我的天，你看起来真的很严肃，我想你需要喝一杯。"

"当然，"吧台有一个人说话了，"辛苦工作以后他需要一瓶白葡萄酒——也许还要几打生蚝。"

大家都笑了。所有的人都看着我们，虽然表面上不露声色，这让我开始觉得自己好像在一个巡回马戏团，所有的人，也仿佛都非常以乔瓦尼为傲。

乔瓦尼转向吧台那个说话的人。"这个主意太好了，朋友，"他说，"正是我所想的。"现在他转向我们。"你们还没见过我的朋友。"他说，看着我，然后看着那个女人。"这是纪尧姆先生，"他告诉她，几乎听不出来他已降低声调，"我的老板。他可以告诉你我是不是很认真。"

"啊"，她挑衅地说，"但是我分不清他是不是认真。"说罢，又一笑掩盖了挑衅的意味。

纪尧姆好不容易把眼神从吧台年轻男孩们的身上移过来，伸出手来微笑着。"但你是对的，女士，"他说，"他比我还要认真多了，怕有一天他会把我的店抢了过去。"

除非狮子会飞，她心想，但表现出一副被迷住的样子，用力握着他的手。

"雅克先生，"乔瓦尼说，"我们最好的顾客之一。"

"我的荣幸，女士。"雅克说，脸上带有他最炫目的微笑，她的反应则是给他一个最拙劣的模仿。

"这一位是美国先生，"乔瓦尼说，"也可以叫大卫先生。克洛蒂尔达夫人。"

他往后移了一点。他的眼里有东西在燃烧，照亮了他的脸，那是喜悦和骄傲。

"很高兴认识你，先生。"她看着我说，并握着我的手微微一笑。

我也在笑，不太知道为什么；心里小鹿乱撞。乔瓦尼不经意地把他的手臂绕在我肩膀上。"你们有什么好吃的？"他大叫，"我们饿了。"

"但我们应该先喝一杯！"雅克叫道。

"我们可以坐下来再喝，"乔瓦尼说，"不行吗？"

"不行，"纪尧姆说，对他而言现在离开吧台，就好像被迫离开希望之地，"我们先喝一杯，就在吧台，跟女士一起。"

纪尧姆的建议在吧台的人身上有了效应——但非常微弱，好像风吹过或是光被点得更亮，难以察觉——这个团队的成员现在要开始扮演他们的拿手角色。克洛蒂尔达夫人应该会有所顾虑，她的确立刻表现出来，但只有一下子；然后她会接受这个建议，应该会是贵的东西吧；结果是香槟。她会啜饮一小口，用最不热衷的态度交谈，所以在纪尧姆和任何吧台男孩开始打交道前，她可以立刻消失。至于吧台的这些男孩们，每一个都悄悄地打扮自己，已经开始盘算未来几天他和他的男朋友需要多少钱，已经把纪尧姆算计到了小数点，也为纪尧姆做过财力评估，到底他有多少，到底他们可以忍受他多久。剩下的就是他们要对他温柔，还是残酷。但他知道结果应该是残酷。现场还有雅克，他可能会是个奖励，或是安慰奖。当然还有我，而我又是另一回事，一个对于公寓、柔软的床或食物一无所知的人，因此，我是情感方面的候选人，但作为乔瓦尼的男孩，让他们没有得手的机会。实际上，他们可以对我和乔瓦尼表示同情的唯一手段，就是帮助我们从这两个老人身旁解脱。这为他们即将扮演的这些角色赋予了某种愉快的使命，在个人利益之外增添了一层利他主义的光辉。

我点了黑咖啡和一杯干邑白兰地，大杯的。乔瓦尼离我很远，坐在两个人之间，其中的老人看起来像集合了世界上所有的灰尘和疾病，红头发的年轻人看起来像有一天会变得跟那个老人一样，在他呆滞的眼神里你看不到未来。但现在，他有马一般致命的美丽，以及一丝战争的气息；他注意着纪尧姆；他知道纪尧姆和雅克都在注意他。此刻纪尧姆和克洛蒂尔达夫人正在聊天，他们同意现在生意差得不得了，所有的标准都被新贵败坏，这个国家需要戴高乐。很幸运的是，这个话题他们聊过很多次，话题自己继续下去，不需要两人专心。一会儿雅克会请其中一个男孩喝酒，但现在他想扮演我的舅舅。

"你觉得如何？"他问我，"今天对你是很重要的一天。"

"我觉得很好，"我说，"你觉得呢？"

"像一个，"他说，"曾经预见今日的男人。"

"是吗？"我说，"告诉我你预见了什么。"

"我不是开玩笑的，"他说，"我在说的是你。你就是我看到的，你应该看看自己今晚是什么样子。你应该看看自己现在的样子。"

我看着他没说什么。

"你是——几岁？二十六还是二十七？我几乎是你的两倍大，我告诉你，你很幸运。你很幸运事情是现在发生在你身上，而不是在你四十岁的时候，或类似的情形，那时你完全没有希望，只能被击败。"

"我发生了什么事？"我问。我本来希望听起来像讥讽，但一点也不像。

他没有回答，但叹了一口气，短暂地看了红头发的男孩一眼。然后他转向我。"你要写信给赫拉吗？"

"我常常写信给她，"我说，"我想我还会再写吧。"

"你没有回答我的问题。"

"哦。我以为你问的是我会不会写信给赫拉。"

"嗯，我们这样说好了，你会写信告诉赫拉昨晚和今早的事吗？"

"我真的不知道有什么好写的。但我写不写跟你有什么关系？"

他以一种我从未在他身上发现过的绝望看了我一眼。那让我吓坏了。"重要的并不是，"他说，"**我**怎么想。而是**你**怎么想，还有她。还有那可怜的男孩，在远远的那边，他不知道当他那样看着你的时候，他是把头送到狮子的嘴里。你打算像对我一样对他吗？"

"你？你跟这又有什么关系？我对**你**怎么了？"

"你对我很不公平，"他说，"你非常不诚实。"

这次我的确听起来像嘲讽。"我想你的意思是，我本可以公平，我本可以诚实，如果我——如果——"

"我是说公平一点，你可以少鄙视我一点。"

"很抱歉。但我觉得，既然你提起，你的生活的确是有很多可鄙之处。"

"我也可以跟你说相同的话，"雅克说，"要当可鄙的人方法很多，让人头都晕了。但真正可鄙的是藐视他人的痛楚。你应该可以了解你面前的这个人曾经比你还年轻，他是逐渐成了今日悲惨的状态。"

沉默持续了一阵子，被乔瓦尼远处传来的笑声威胁着。

"告诉我，"我最后说了，"你真的一定要这样？一辈子跪在一群男孩面前，就为了阴暗角落里那肮脏的五分钟？"

"想一想，"雅克说，"当你心里想着别的事情、假装在黑暗中你两腿间什么事都没发生的时候，那些跪在你面前的男人。"

我看着琥珀色的白兰地和吧台上酒杯留下的水渍，而我的倒影深陷在金属表面，无助地向上看着我。

"你以为，"他紧咬着不放，"我的生命因为我的遭遇而蒙羞。没错。但你应该问为什么如此。"

"为什么那是——羞耻的？"我问他。

"因为那不包含感情因素，没有喜悦。就好像插头插进坏了的插座。碰到了，但没有连接。只有碰触，没有连接也没有光。"

我问他："为什么？"

"那你应该问你自己，"他告诉我，"也许有一天这个早晨就不会成为你嘴里的灰。"

我往乔瓦尼那边看过去，他一手搭着那个沧桑的女孩，她可能一度美丽非凡，但是再也不可能回到过去了。

雅克朝着我的目光看。"他很喜欢你，"他说，"已经是这样了。你应该觉得快乐而骄傲，但你不这么觉得。你觉得害怕而羞耻。为什么？"

"我并不了解他,"我最后说,"我不知道他的友谊代表了什么,我不知道他所谓的友谊是什么。"

雅克笑了。"你不知道他的友谊是什么,但你觉得不太安全。你怕自己被改变。你曾经有过哪一种友谊?"

我没有说话。

"或者,"他继续说,"你曾经有过什么样的恋情?"

我沉默了那么久,他开始戏弄我,说着:"出来吧,出来吧,不管你在哪里!"

然后我笑一笑,感到一阵寒冷。

"爱他吧,"雅克说,情绪激动,"爱他并且让他爱你。你觉得天底下有什么事情真的那么重要?以及它能维持多久,即使在最好的情况下?想想看,你们俩都是男人,还有那么多地方要去。只有五分钟,我向你保证,五分钟而已,而且大部分的时间,唉!都在黑暗里。如果你觉得这很肮脏,那它就会是肮脏的——它是肮脏的,因为你不愿付出,你将会鄙视自己和他的身体。你们可以互相给予某种东西让双方都变得更好——那是永恒的——如果你**不**觉得羞耻,如果你可以**不**踩在安全区里。"他暂停一下,看着我,然后低头看着自己的白兰地。"你在安全区里够久了,"他说,语气变了,"最后你会被困在自己肮脏的身体里,永永远远——像我一样。"他喝完自己的白兰地,在吧台上摇摇手中的玻璃杯以吸引克洛蒂尔达夫人的注意。

她立刻过来,闪闪动人;就在同时纪尧姆大胆地对红发男孩笑了笑。克洛蒂尔达夫人帮雅克倒了新的白兰地,询问地看看我,酒瓶悬在我半满的杯子上。我犹豫着。

"有何不可呢？"她问我，脸上带着笑容。

所以我喝完我的酒，让她倒满。在短暂几秒的时间里她瞥了纪尧姆一眼，纪尧姆大叫："那个红发男孩在喝什么？"

克洛蒂尔达夫人转身，好似女演员在出演一部伟大但令人筋疲力尽的戏剧，正要念出最后几句张力最大的台词。"我请客，皮埃尔，"她威严地说，"你要喝什么？"——手里拿着店里最贵的白兰地酒。

"我要喝一点干邑白兰地。"一会儿之后皮埃尔含糊地说，颇奇怪地，他的脸红了起来，让他在苍白初升的太阳下，看起来像刚下凡的天使。

克洛蒂尔达夫人帮皮埃尔倒满酒，舞台张力漂亮地渐弱，在渐暗的灯光下，她把酒瓶放回架上并退到收银机旁；到了台下，在侧厅，她开始喝剩下的香槟，慢慢调整回原来的状态。她叹气啜饮，满意地向外看着刚升起的早晨。纪尧姆喃喃说着"抱歉失陪了，夫人"，在我们身后向着红发男孩走去。

我笑了。"我父亲从来没有教过我这些。"

"某个人，"雅克说，"你父亲或是我父亲，应该告诉我们很少有人曾为了爱而死。但因为缺乏爱，每一个小时都有人在死去——而且是在最令人意想不到的地方！"接着他说："你的宝贝来了。聪明点，酷一点。"

我的宝贝的确是来了，穿过阳光，他的脸泛红而头发飞扬，他的眼睛，不可思议地，像早晨的星星。"是我的不对，离开了这么久,"他说,"希望你没有觉得太无聊。"

"你倒是不无聊,"我对着他说,"你看起来好像圣诞节早上醒来的五岁小孩。"

这话让他非常开心,我看到他的嘴唇因此滑稽地噘起。"我很确定我看起来不是那样,"他说,"每个圣诞节早晨我总是失望。"

"好吧,我是说圣诞节早上很早的时候,在你看到树下有什么之前。"但他的眼睛使我最后说的话有了弦外之音。我们两个都笑了起来。

"你饿了吗?"他问。

"如果我还活着而且清醒的话大概就会饿。我不知道。你呢?"

"我觉得我们应该吃东西。"他说,完全没有动作,我们又笑了起来。

"嗯,"我说,"那我们该吃什么?"

"我斗胆建议白葡萄酒和牡蛎,"乔瓦尼说,"经过这样的夜晚那真的是最适合的东西。"

"那,就这么办吧。"我说,"趁我们还能走到餐厅。"我看着他身后的纪尧姆和那个红发男孩,很明显他们找到了话题,我无法想象会是什么。雅克跟那个高高的、很年轻的麻子脸男孩已经聊了很久,他身上的黑色高领毛衣让他看起来比实际上更苍白更瘦。我们进来的时候他正在玩弹珠,他的名字似乎叫伊夫。"他们现在要吃吗?"我问乔瓦尼。

"也许不是现在,"乔瓦尼说,"但他们一定会吃。大家都很饿。"我想他指的是那些男孩子,而不是我们的朋友。我们走进餐厅，现在是空的，没有服务生的踪影。

"克洛蒂尔达夫人！"乔瓦尼大叫，"我们在这里吃，是吧？"

他的呼喊得到克洛蒂尔达夫人的回应，服务生也来了，近看之下他的夹克没有那么一尘不染，跟刚才远远地看不同。他的呼喊正是对雅克和纪尧姆宣布我们正在餐厅里，在与他们谈话的那些男孩眼中，这无疑增加了一种强烈的亲密感。

"我们快点吃完就走，"乔瓦尼说，"毕竟我晚上还得工作。"

"你是在这里碰到纪尧姆的吗？"我问他。

他做了个怪脸，低下头。"不是，那说来话长。"他咧嘴笑，"不，我不是在这里碰到他的。我是在——"他笑了，"电影院碰到他的！"我们俩都在笑。"是一个西部片，加里·库珀主演。"这好像也非常可笑，我们一直笑到服务生拿我们的白葡萄酒来。

"嗯，"乔瓦尼说，小口喝着白葡萄酒，眼睛微湿，"在最后一声枪响、音乐开始庆祝好人胜利之后，我在走道上，撞到这个老人——纪尧姆——我向他道歉然后走到大厅里。他尾随着我，说了一个长长的故事，什么他的围巾掉在我的座位上，因为，他一直坐在我后面，你知道的，他把他的外套和围巾挂在他**前面**的座位上，我一坐下就把他的围巾扯了下去。我告诉他我不在电影院工作，要找围巾的话他应该怎么做——但我没有真的生气，因为他让我发笑。他说在电影院工作的人都是小偷，他肯定如果他们看到他的围巾一定会占为己有，那围巾很贵，是他母亲送的——喔，我向你保证，连嘉宝都没那么精湛的演技。所以我回去，当然找不到围巾，我告诉他的时候他好像要当场死在那里一样。到了这个地步，你知道，每个人都以为我们是一起的，我不知道该踢他还是给看着我们的人一脚；但他穿着非常得体，当然啦，而我不是，所以我想，嗯，我们最好快点离开大厅。所以我们去了一家咖啡店，坐在露台，他终于从失去围巾的悲痛中平复，也不再喋喋不休他母亲可能会有的反应，他问我要不要和他共进晚餐。很自然地，我说不，那时我早已经受够他了，但我唯一可以避免在那个露天咖啡座再次难堪的方法，就是答应几天以后和他吃晚饭——我没打算要去，"他说，害羞地笑，"但到了那天我已经很久没吃东西，肚子饿极了。"他看着我，从他脸上我短暂地看到过去几个小时我曾看到的：在他的美丽和盛气之下，有恐惧，还有急欲讨好的念头；这非常非常地感人，让我想要在悲痛之中伸出手来好好安慰他。

牡蛎来了，我们开始吃。乔瓦尼坐在阳光下，他的黑发反射出酒的黄光，还有阳光照在生蚝上反射出来晦暗的色彩。

"嗯，"他的嘴角下垂，"晚餐当然是糟透了，因为即使在他家他也可以闹起来。但那时我已知道他拥有一家酒吧，而且是法国公民。我不是公民而且没有工作，更没有工作证。我知道我可以利用他，只要我想办法不让他染指我，我并没有，我得这么说，"他又那样地看着我，"完全成功地不让他碰我，他的手比章鱼还多，而且完全没有尊严，但是，"他再次绝望地吞下一个牡蛎，帮我们俩倒满酒，"我现在有了一张工作证，工作也有了着落。薪水很不错，"他笑，"似乎我的存在对生意很有助益。因为这个原因，大部分时间他不会管我。"他往外看看吧台。"他真的不是个男人。"

他说，脸上的悲伤和迷惑像个孩子，却又非常古老。"我不知道他是什么，他很恐怖。但我会留下我的工作证。工作是另一回事，不过，"他敲了敲木头，"我们已经三个礼拜没发生任何矛盾了。"

"但你觉得很快就会有矛盾。"我说。

"喔，是的，"乔瓦尼说，快速地看了我一眼，好像他受到了惊吓，好像在想我到底是不是了解他在说什么，"很快我们一定会有什么小问题。当然，也许不是现在，那不是他的风格。不过他会找出一些理由来对我发脾气。"

然后我们沉默地坐了一会，抽着烟，牡蛎壳围绕着我们，我们把酒喝完。忽然之间我觉得很疲倦。我看着外面狭窄的街道，我们坐着的这个陌生、扭曲的角落，现在被阳光照成黄铜色，满满都是人——我永远都不会了解这些人，刹那间我感到疼痛，忍无可忍，我渴望回家，不是回到旅馆，那个位于巴黎的一条巷子、门房因为我没付账而限制我回去的地方；而是我的家，隔了一海之遥，回到我所认识且了解的人事物身边；那些事物，那些地方，那些人，不管如何苦涩，我还是不可自拔地爱着，胜过一切其他东西。我从来不知道自己会有这样的情绪，我被吓到了。我清楚地看到自己，作为一个漫游者、探险家，游荡全世界，没有地方下锚。我看着乔瓦尼的脸，这对我没有什么帮助。他属于这个陌生的城市，而这个城市并不属于我。我开始明白，现在发生在我身上的事并不特别奇怪，如果我能相信它很奇怪的话，也许会让我安慰一点；但同时它又奇怪至极。这并不奇怪，不是史无前例，但我心里有一个巨大的声音：太可耻了！太可耻了！我竟然这么快就可憎地和一个男孩纠缠在一起,真正奇怪的是,这不过是可怕的人类关系里种种纠缠的冰山一角,纠缠到处都有,永远无休无止。

"来吧。"乔瓦尼说。

我们站起来走回酒吧,乔瓦尼付了账。外面又开了一瓶香槟,雅克和纪尧姆真的要喝醉了。情况会变得非常可怕,不知道这些可怜的很有耐心的男孩们到底会不会有东西吃。乔瓦尼跟纪尧姆谈了一会儿,同意去开店门;雅克忙着跟那个高大苍白的男孩说话,没空理我;我们说了早安以后就走了。

"我得回家,"我们走到街上时我告诉乔瓦尼,"我得回去付旅馆的钱。"

乔瓦尼瞪着我。"老天,你疯了,"他温和地说,"现在回家有什么意义,回去面对一个丑陋的门房,自己一个人睡在房间,起来的时候胃痛得要命又满嘴酸味,只想着要自杀。跟我来,我们在一个愉快的时刻起床,去一个地方喝点开胃酒,吃点小晚餐。那会令人开心得多,"他说,带着笑容,"相信我。"

"但我要去拿我的衣服。"我说。

他扯住我的手臂。"当然,但你不必现在拿。"我却步,他停下来。"来吧。我相信我比你的壁纸——或是门房——漂亮多了。你起床的时候我会对你微笑。它们可不会。"

"啊,"我只好说,"你真坏。"

"你才坏。"他说,"这种寂寞的时候想丢下我一个人,你知道我已经醉得不能自己回家。"

我们一同笑了，两人都在兴奋玩乐的情绪里。我们走到塞瓦斯托波尔大道。"我们不要再谈你想抛弃乔瓦尼这个令人痛心的话题，现在是这么危险的时刻，我们又处在一个充满敌意的城市。"我开始了解到，他也很紧张。再走下去有一辆出租车转到我们面前，他招招手，"我带你去看我的房间，"他说，"反正将来你一定会看到的。"出租车停在我们身边，乔瓦尼好像怕我真的会转身逃走，把我推在他前面上车。他坐到我旁边，告诉司机："民族广场。"

他住的那条街很宽敞，颇有威严但并不精致，街上有新盖的大型公寓楼；街底是一个公园。他的房间在这条街最后一栋大楼的一楼后面。我们穿过前厅和电梯，走过一条黑暗的走廊，后面就是他的房间。他的房间很小，我只看见处处乱七八糟的都是杂物堆，空气中有他在火炉里燃烧的酒精的味道。他把门锁上，有一段时间，在昏暗里，我们只是看着对方——带着惊慌和宽慰，呼吸沉重。我在颤抖。我心想，如果我不马上把门打开离开那里，我会迷失的。但我知道我无法打开门，我知道已经太迟了；很快地，做什么都太迟了，除了呻吟。他把我拉到他身边，投入我的怀抱，好像把他自己交给我提着，然后慢慢地把我拉到床上。我身体里所有的东西都尖声喊着"**不！**"，但整个人却叹着气说"**是**"。

法国南方很少下雪；但雪花，一开始还算和缓，如今越来越猛烈，已经落了有一个小时了。下得好像它决定要变成一场暴风雪。这个冬天很冷，但当一个外国人指出这个事实时，这里的人就认为他没有教养。而他们自己，即使是他们的脸被风强烈地吹着，那风仿佛无处不在，穿透所有的东西，他们还是开心得像海边的小孩。"天气不错，不是吗？"把他们的脸迎向低垂的天空，著名的南方太阳已经好几天不见踪影。

我离开大房间的窗户走进屋子。在厨房的时候，看着镜子——我决定在水变冷之前先刮胡子——我听到有人敲门，当下我心里有模糊的希望，但后来我想到那只是对面的管理人来确定我没有偷走银器，或是摔破盘子，或是把家具砍来当柴烧。没错，她推一推门，我听到她的声音，叫喊着："先生！先生！先生，美国人！"我心里不耐烦地想，到底有什么事值得这么惊慌。

但我开门以后她马上面带笑容，那笑容融合了卖弄风情的女子和母亲。她相当老了，不是真的法国人；她是很多年前来的，"当我是个年轻女孩的时候，先生"，她来自国境那头，意大利。她像这里大部分的妇女，自从最后一个小孩成人之后就开始哀悼。赫拉以为她们都是寡妇，但结果，大部分人的丈夫都还活着。这些丈夫跟她们的儿子一样。有时候出太阳了，他们在我们房子附近的空地玩回力球，当他们看到赫拉的时候，他们的眼神包含了一个骄傲父亲的警觉，以及一个男人戒备的猜疑。有的时候我和他们在烟草店里玩撞球、喝红酒。但他们让我很紧张——他们的下流话、他们的善意、他们的友谊，以及写在他们的手上、脸上还有眼睛里的人生。他们对待我像对待刚长大成人的儿子；但同时也保持一段距离，因为我并不真正属于他们任何人；他们感觉到（或我这么认为）我有别的、不值得他们继续关照的事。这似乎可以在他们的眼里看出来，当我和赫拉走在路上，他们擦身而过时很有礼貌地说，你们好，先生和夫人。他们就像这些黑衣女人们的儿子，经过一辈子的努力终于回到家，好好休息，被责骂，然后等死，回到当初哺育过他们、现今已经干瘪的乳房。

雪花落在她头顶的围巾上，挂在她的眼睫毛上，落在没有被围巾盖住的黑色与白色的头发上。她非常强壮，但现在有一点驼背，有一点喘不过气来。

"晚上好，先生，你没有生病吧？"

"不，"我说，"我没有生病。进来吧。"

她走进来，把门关上，让围巾从她的头上滑落。我手上拿着酒，她虽然看见了，却没有说什么。

"好，"她说，"这样最好。但我们有好几天没看到你。你一直都待在房子里？"

她的眼睛搜寻我的脸。

我觉得困窘而生气。但她声音和眼神里的机灵和温柔让人无法回嘴。"是的，"我说，"天气一直不好。"

"现在肯定不如八月中旬，"她说，"但你看上去也不像是病人。自己一个人坐在家里不太好。"

"我早上就要离开，"我迫不及待地说，"你要清点东西吗？"

"是的。"她说，从口袋里拿出一张清单。我来的时候签过。"不会太久。我们从后面开始。"

我们往厨房走。去的时候我把酒放在卧房的小桌子上。

"我不介意你喝酒。"她说，并没有转身。但我还是把酒放下了。

我们进到厨房。厨房整洁干净得令人生疑。"你都在哪里吃饭？"她直截了当地问，"他们说也好几天没看到你去烟草店。你进城了吗？"

"是的，"我说，声音不太有说服力，"有些时候。"

"走路吗？"她询问着，"因为公交车司机也没有看到你。"说这些话的时候她看着厨房，没有看我，拿着一支短短的黄色铅笔核对手上的清单。

我没办法回答她最后嘲讽的一击，我忘了在一个小村庄里，一举一动都在大家的耳目之下。

她快速地瞄了厕所一眼。"我晚上会清理。"我说。

"我希望是这样，"她说，"你搬进来的时候所有东西都是干净的。"我们经过厨房走回来。她没发现两个玻璃杯不见了，被我打破的，我没那个精力告诉她。我会留一些钱在柜子里。她把客房的灯打开。我的脏衣服到处都是。

"那些我会带走。"我说，试着微笑。

"你可以过马路来，"她说，"我会很乐意给你一些东西吃。一点汤，有营养的东西。我每天都帮我丈夫煮饭，多一个人有什么差别？"

这让我很感动，但我不知道该如何表达，我当然也不能说出口，跟她以及她的丈夫共进晚餐会让我精神趋近崩溃边缘。

她在检视一个绣花枕头。"你要去找你的未婚妻吗？"她问。

我知道我应该说谎,但是,不知怎么的,我办不到。我害怕她的眼神。现在,我但愿我的手里有我的酒,"不,"我平淡地说,"她回美国去了。"

"噢,"她说,"那你——你还留在法国吗?"她径直看着我。

"再留一阵子。"我说。我开始冒汗。我开始了解到这个女人,这个意大利来的农妇,在某些方面一定很像乔瓦尼的母亲。

我试着不要去听她愤怒的嚎叫,不要去看她的眼睛,如果她知道她的儿子只能活到明天早上,如果她知道我对她儿子做了什么。

但当然她不是乔瓦尼的母亲。

"这样很不好,"她说,"像你这样的年轻人不应该没有女人陪伴,自己坐在这样一间大房子里。"她看着我,一时显得非常悲伤,想要多说些什么,但又打消了这个念头;我知道她想谈谈赫拉,她本人或是这里其他的女人都不喜欢赫拉。但她把客房的灯关掉,我们走到大卧房,也是我跟赫拉之前睡的主卧,不是我放酒的那间。这间也非常干净整洁。她看看房间又看看我,露出微笑。

"你最近没有用这个房间。"她说。

我觉得自己痛苦地脸红了。她大笑。

"但你有一天会再度快乐起来,"她说,"你一定要再找一个女人,一个好女人,然后结婚、生小孩。是的,你应该这样做,"她说,就好像我反驳了她一样,并且不给我说话的机会,接着问,"你妈妈在哪里?"

"她死了。"

"啊!"她用牙齿发出同情的咔哒声,"真是悲哀。那你爸爸呢——他也死了吗?"

"不。他在美国。"

"可怜的孩子!"她看着我的脸,我在她面前真的很无助,如果她再不快点离开,她保证会让我痛哭流涕。"你不会打算像个水手在全世界流浪吧?我确定那会让你母亲很伤心。你总有一天会成家吧?"

"是的,当然。总有一天。"

她把她强壮的手放在我的肩膀上。"你爸爸,甚至你妈妈,虽然她已经死了——那真是让人伤心——都会很高兴看到你有自己的孩子。"她停顿了一下,黑色的眼睛温和起来;她看着我,但目光似乎越过我。"我们有三个儿子。两个死在战场。战争的时候我们也失去了所有的钱,辛苦了一辈子为了晚年可以图个清静,结果全部被夺走,不是很悲哀吗?这差点害死了我丈夫,他再也不是原来的他了。"然后我发现她的眼神里不只有机灵,还有苦涩和极度的哀伤。她耸耸肩,"啊!还能怎么办?最好还是不要想太多。"然后她笑笑。"但我们剩下的儿子,他住在北部,两年前来看我们的时候带着他的小男孩。他真是漂亮!马里奥,这是他的名字。"她做了个手势,"那是我丈夫的名字。他们待了大概十天,我们觉得又年轻了起来。"她又笑一笑。"尤其是我丈夫。"她脸上就带着这个笑容站在那里。然后她问我,非常突然地,"你祷告吗?"

我不知道我还能忍受多久。"不,"我结结巴巴地说,"不。很少。"

"但你有信仰吧?"

我笑了。甚至不是个居高临下的笑容,尽管也许我希望它是,"是的。"

但我想知道我的笑容看起来是怎样的。它好像没有给她什么保证。"你一定要祷告,"她说,非常严肃,"我向你保证。哪怕只是短短一次,有机会的时候。点个蜡烛。如果没有圣人的祷告,人是无法在这个世界生存的。我跟你说这些,"她说,稍微站近一些,"好像我是你妈妈。不要觉得被冒犯了。"

"我没有觉得被冒犯,你人很好,你能跟我说这些真是善良。"

她满意地笑了。"男人——不只像你这样的小孩,老男人也是一样——他们需要一个女人来告诉他们事情真相。男人,他们真是无可救药。"然后她又笑,迫使我也要为这个老掉牙的笑话而笑,随后她关上主卧室的灯。我们回到走廊,感谢上帝,向我的酒走去。这个房间当然相当不整洁,灯亮着,我的浴袍、书本、脏袜子、几个没洗的玻璃杯、一个还有半杯隔夜咖啡的咖啡杯——到处都是;床上床单缠成一团。

"我早上之前会整理好。"我说。

"当然,"她笑,"你应该接受我的建议,先生,赶紧结婚。"说到这点,我们两个忽然都笑起来。然后我把酒喝完。

清点工作几乎完成,我们走到最后一个大房间,那瓶酒的所在地,就在窗户前面。她看了看那个瓶子,再看看我。"但你到了早上就醉了。"她说。

"噢,不是的,我要整瓶**带走**。"

很明显她知道我说的不是真的。但她又耸耸肩。然后从她用围巾包头的样子来看,她变得非常拘谨,甚至有一点害羞。现在我知道她要走了,我反而希望可以说点什么好话让她留下来。当她走回路的对面,夜会变得比从前更黑更长。我有事情要告诉她——是她吗?——当然我永远也不会说出口。我觉得自己希望被宽恕,我希望**她**宽恕我。但我不知道该如何认罪。我的罪行,很奇怪地,就是身为一个男人,而这她早就都知道了。很糟糕的是她让我觉得自己赤裸裸的,像个还没完全长大的男孩,在母亲面前一丝不挂。

她把手伸出来。我笨拙地接住。

"祝你一路顺风,先生。我希望你在这里的时候玩得愉快,也许有一天,你会再回来拜访我们。"她笑着,眼神和蔼,但那笑容纯粹是为了社交,这次的交易圆满结束。

"谢谢你,"我说,"也许我明年会回来。"她放开我的手,我们走向大门。

"噢!"在门口的时候她说,"请你早上不要叫我,把钥匙放在我的信箱里。现在我再也没有理由要早起了。"

"当然。"我微笑着打开门,"晚安,女士。"

"晚安,先生。再见!"她走进黑暗里。但光从我的房子和她对街的房子透出来。镇上的光在我们下方闪烁不定,我又短暂地听到海的声音。

她走了几步，转过来。"记住，"她告诉我，"人一定要不时做祷告。"

我关上门。

她让我知道早上以前我还有很多事要做。在喝另一杯前我决定先清理厕所。我开始做，首先是刷浴缸，然后放水到水桶里好拖地板。厕所很小，四四方方的，有一扇满是霜的窗户。这让我想到在巴黎那个让我感到幽闭恐惧的房间。乔瓦尼曾经有过伟大的计划要重新装潢那个房间，有一段时间，当他真的在进行的时候，石膏到处都是，砖块堆在地上。晚上我们把砖块的包装拿到房子外面丢在街上。

我想他们很早就会去接他，也许就在黎明之前，乔瓦尼最后看到的就是巴黎上方那片灰色的、没有光线的天空，在那片天空下，在数不清的酒醉而绝望的早晨，我们曾拖着蹒跚的步履一起回家。

第二部

1

我记得在那房间里的生活好像发生在海底,时间毫不在意地在我们之上流过,小时和日子都没有意义。一开始我们的生活有种喜悦和惊奇,每天都得到重生。在这种喜悦之下,当然,就是苦痛,而惊奇之下是恐惧;这些在一开始都没有出现,直到我们高亢的起点变成舌上苦涩的芦荟,到那时候苦痛和恐惧已经浮在表面,我们在其上失足、滑倒,失去平衡、尊严和自尊。乔瓦尼的脸,在那么多个早晨、中午和晚上,我记得清清楚楚,在我眼前变得僵硬,在秘密的地方开始破碎。他眼里的光彩只能闪烁,宽阔而美丽的额头开始显现其下的头骨。性感的嘴唇向内缩,忙着照应从他心里溢出的悲伤,那变成一张陌生人的脸,或者因为我看到会觉得非常愧疚,以至于我希望那是张陌生人的脸。记忆的累积带来彻底的变形,但它们并未帮助我做好面对的准备。

我们的一天从天破晓前开始,当我准时晃到纪尧姆的酒吧好在打烊前喝一杯。有时候,纪尧姆会对外关闭,让几个朋友和乔瓦尼还有我留下来听音乐吃早餐。有时候雅克也在——自从我们认识乔瓦尼之后他好像越来越常出现。如果我们和纪尧姆一起吃早餐,我们通常在早上七点离开。有时候,雅克在那里的时候,他会提出用汽车载我们回去,他很突然、无法解释地买了那辆车。但我们几乎都是沿着河边走长长的路回家。

巴黎的春天快来了。今夜,我在这栋房子里走上走下,我又看见了那条河、那碎石子堤道、那些桥。小船从桥下经过,有时候你可以看到船上的妇人在晾衣服。有时候我们看到一个划独木舟的年轻人,精力旺盛地划着,看起来有点无助,也有点愚蠢。有时岸边停靠着快艇、房船,还有驳船;我们经过消防队那么多次,那些消防队员都认识我们了。冬天又来的时候乔瓦尼发现自己躲在其中一艘驳船里,一天晚上一个消防队员看到他拿着一条面包爬回他的藏身之处,于是向警察密报。

那些早晨,树越来越绿,河面下降,冬天褐色的烟低到看不见,渔夫开始出现。乔瓦尼说得对,他们好像从来都没有捕到任何东西,但起码有事可做。在码头边,书摊充满节庆气氛,等着天气转好让过路的人随意翻阅页脚皱褶的书本,让游客有股热情要把它们买回美国或是丹麦,他们买了过多的彩色照片,带回家也不知如何处置。女孩子也开始骑脚踏车出现,身边是差不多装备的男孩子,有时候我们在河边看到他们,当灯光开始暗下来的时候,脚踏车也被收了起来,直到第二天。乔瓦尼丢了工作以后,我们傍晚在那里散步。那些苦涩的夜晚。乔瓦尼知道我要离开他,但是他不敢控诉我,因为害怕证实这一点,我也不敢告诉他。赫拉正要从西班牙回来,我父亲已经同意把我的钱寄来,我不会拿来帮助乔瓦尼,而他为了我做过那么多事情。我要把钱用来逃离他的房间。

每天早上太阳和天空好像都更高了一些,那条河在朦胧中延展得更远。每一天书摊老板好像又脱了一层衣服,以致他们的身体好像正经历一种最引人注目又持之以恒的变形,让人开始怀疑到底最后的形状会是什么。从码头边和小巷打开的窗户可以看到,旅馆老板已经找来油漆工粉刷客房;乳品店的女人们早已脱下她们的蓝色毛衣,卷起裙装的袖子,让人看到她们有力的臂膀;面包店里的面包好像更热腾腾、更新鲜。年纪很小的学童已经脱掉斗篷,他们的膝盖不再因寒冷而冻得通红,喋喋不休的说话声好像多了起来——用一种古怪的节奏和感情充沛的语言,有时候让我联想到凝固的蛋白,或是弦乐器,但我永远想到的是激情之后令人不快的余波。

但我们没常常在纪尧姆的店里吃早餐,因为纪尧姆不喜欢我。通常我会等一下,尽量不引人注目,一直到乔瓦尼清好吧台换好衣服。然后我们道再见、离开。那里的常客逐渐对我们发展出一种奇怪的态度,其中有令人不快的母性、嫉妒,还有隐藏的不悦感。然而他们不能用彼此交谈的方式跟我们说话,而且恨我们强迫他们用别的方式和我们交谈。让他们更愤怒的是,他们生活倾颓的中心,在这个例子里,竟然跟他们一点关系都没有。经由毒瘾似的喋喋不休、征服的梦想,还有对彼此的轻视,他们又感觉到自己的贫瘠。

不管我们在哪里吃早餐,不管我们去了哪里,到家的时候我们总是过于疲倦而无法立刻入睡,我们煮咖啡,有时候跟白兰地一起喝;我们坐在床上聊天抽烟,我们好像有很多话要说——其实是乔瓦尼。甚至在我最真诚的时候,当我尽我所能告诉他我的一切,就像他把他的一切给我,我还是有所保留。我没有,例如,真的告诉他赫拉的事，直到我在他的房间住了一个月以后。我会告诉他是因为，她写的信显示，她有可能很快会回到巴黎。

"她在做什么，自己一个人在西班牙漫游？"乔瓦尼问。

"她喜欢旅行。"我说。

"噢，"乔瓦尼说，"没有人会喜欢旅行，尤其是女人。一定有别的原因。"他的眉毛挑动。"也许她有一个西班牙爱人不敢告诉你？说不定她有了斗牛士。"

也许是如此，我心想。"但她不会不敢告诉我。"

乔瓦尼笑了。"我一点都不了解美国人。"他说。

"我看不出来有什么不好了解的。我们又没有结婚，你知道的。"

"但她是你的情人，是吗？"乔瓦尼问。

"是的。"

"她现在还是你的情人？"

我瞪着他。"当然。"我说。

"那么，"乔瓦尼说，"我不懂为什么她人在西班牙而你人在巴黎。"他又想到什么，"她几岁了？"

"她比我年轻两岁。"我看着他，"跟这个有什么关系？"

"她结婚了吗？我自然是指跟别人。"

我笑了。他也在笑。"当然没有。"

"我以为她可能年纪比较大，"乔瓦尼说，"在某处有个丈夫，也许她可能不定时跟他一起去旅行，所以她才能继续跟你维持关系，那样的安排也不错。那种女人非常有意思，通常也有一点钱。

如果她是那种女人,她会从西班牙带给你一个很棒的礼物。但一个年轻女孩自己在异国乱闯——我不喜欢那样。你应该找别的情人。"

听起来非常好笑。我无法止住笑。"你有情人吗?"我问他。

"现在没有。"他说,"但也许有一天我会找一个。"

他半皱着眉半笑着。"我现在对女人好像没什么兴趣——不知道为什么。我以前不是的。也许有一天我又会有兴趣。"他耸耸肩,"也许现在对我来说女人的麻烦太多了。而且——"他停下来。

我想说我觉得他选了一条最奇怪的路来避开麻烦;但过了一会儿之后,我只是小心地说:"你对女人的评价好像不高。"

"噢,女人!感谢老天,没有必要对女人有所评价。女人就像水。那么吸引人,又那么变化莫测,又那么深不可测,你知道么?然后她们也可能那么肤浅,那么肮脏。"他停下来,"可能我真的不是很喜欢女人。那不会阻止我跟她们做爱或是爱上一两个女人。但大部分的时候——大部分的时候我只是跟身体做爱。"

"那可能会很寂寞。"我说。我没料到自己会这样说。

他没料到会听到这种话。他看着我,伸出手来碰我的脸颊。"是的,"他说,"我说到女人的时候并不是想当一个恶毒的人。我尊敬她们——非常尊敬——她们的内心生活,跟男人的很不一样。"

"女人好像不喜欢那样想。"我说。

"没办法,"乔瓦尼说,"今日这些荒谬的女人,满脑子都是主意和胡说八道,以为她们跟男人一样——真是个笑话。她们应该被揍个半死才会知道是谁在统治世界。"

我笑了。"你认识的女人喜欢被揍吗?"

他微笑。"我不知道她们喜不喜欢。但她们打不走。"我们都笑出来。"不管怎样,她们可不像你那糊涂的小女孩,在西班牙乱跑然后寄明信片回巴黎,她以为她在做什么?她到底要不要你?"

"她去西班牙,"我说,"找答案。"

乔瓦尼眼睛睁得大大的。他生气了。"去西班牙?为什么?她在做什么,测试西班牙人然后拿来跟你做比较?"

我有点不高兴。"你不懂,"我说,"她是一个很聪明、很复杂的女孩,她想离开这里去思考。"

"有什么好想的?她听起来很蠢,我得这么说。她没办法决定要在哪一张床上睡觉。她想吃蛋糕,她什么都要。"

"如果她还在巴黎,"我说,忽然地,"我不会跟你待在这个房间里。"

"你可能不会住在这里,"他承认,"但我们还会见面,为什么不行?"

"为什么不行?假如她发现怎么办?"

"发现?发现什么?"

"拜托,你知道发现什么。"

他非常冷静地看着我。"你的这个小女孩听起来越来越不可理喻。她会做什么,跟着你到处跑吗?还是她雇了私家侦探睡在我们的床下?我们跟她到底有什么关系?"

82

"你不会是认真的吧。"我说。

"我当然可以是认真的,"他驳斥我,"而且我就是认真的。你才是不可理喻的人。"他哼了一声,又倒了咖啡,从地上拿起白兰地酒瓶。"你们那个地方所有的事情都那么狂热那么复杂,好像英国侦探小说。发现,什么发现,你一直这么说,好像我们是共犯。我们没有犯下什么罪。"他倒了白兰地。

"如果她发现的话她会受到很大的伤害,只是这样。人们用很难听的字眼来形容——这种情况。"我不再说。他脸上的表情看起来好像我的逻辑很薄弱,我防卫似的又加了一句:"而且,这本来就是犯罪——在我的国家是这样,毕竟,我不是在这里长大的,我是在**那里**长大的。"

"如果难听的字眼吓坏了你,"乔瓦尼说,"我真的不知道你怎么能活到现在。人们有很多难听的话可说,他们唯一不用那些字眼的时候,我是指大部分的人,是当他们在描述龌龊事情的时候。"他暂停,我们看着彼此,虽然他嘴里这么说,他自己看起来也很害怕。"如果你的同胞认为隐私是一种罪,你的国家真是糟糕,至于你的这个小女孩——她在的时候你无时不和她在一起吗?你有时候会自己去喝一杯,会吗?也许有时候你自己去散步——像你说的那样,思考。美国人想得真多。也许当你在思考的时候,喝着那杯酒,你看着走过去的女孩子,是吗?也许你看着天空感觉自己体内的血液流动?还是赫拉一出现的时候所有的事情就停摆了?不能自己喝酒,不看别的女孩,没有天空?啊?回答我。"

"我已经告诉过你我们还没结婚。今天早上好像不管我说什么你都听不懂。"

"不管怎样,赫拉还在的时候,你有时候会跟别的人碰面而不带她吗?"

"当然。"

"她有叫你告诉她你们不在一起的时候你做的所有事情吗?"

我叹气。我已经控制不了这个话题要往哪里走,只想结束它。白兰地喝得太快,烧到我的喉咙。"当然不会。"

"你是个非常迷人、好看而文明的男孩,除非你性无能,否则我不明白她有什么好抱怨的,或是你有什么好担心的。安排现实生活,我亲爱的,是很容易的——你只需要付诸行动。"他沉思着说,"有时候事情会出差错,我同意,那么你就应该以别的方法来安排。但绝对不是像你那种英式通俗剧的方法。如果那样的话,生命中所有的事情都会变得无法忍受。"他倒了更多白兰地,向我笑着,好像他已经解决了我所有的问题。这个笑容是那么率真,令我不得不也微笑起来。乔瓦尼喜欢相信自己是明了人情世故的人,而我不是,他在教我人生的真理。这么样想对他而言很重要:因为他知道,虽然百般地不愿意,但在他心底他知道:我,无可奈何地,在我的内心深处,用我一切的力量在抗拒他。

最后我们越来越僵持,我们不再说话,然后睡觉。下午三点或四点的时候我们起床,阴沉的阳光窥伺杂乱的房间里的各个角落。我们起床梳洗刮胡子,碰撞彼此,开着玩笑,有一股急切潜在的欲望想离开房间。手舞足蹈地走到街上,走进巴黎,在某处快速地吃点东西,然后我在纪尧姆的酒吧门口离开乔瓦尼。

然后我独自一人，很高兴终于解脱了，也许去看场电影，或散散步，或回家看书，或坐在公园看书，或坐在露天咖啡座，或跟人说话，或是写信。我写信给赫拉，什么都不告诉她，或是我写信向我父亲要钱。不管我做什么，另一个我坐着，想着我生命里的问题，因恐惧而寒冷。

乔瓦尼唤醒了我心里的欲望，慢慢消耗着我，有一天下午我明白这件事，那时我沿着蒙帕纳斯大道带他走路去上班。我们买了一公斤的樱桃边走边吃，那天下午我们两个都兴高采烈，孩子气得要命。那个场景——两个成年男子，在宽阔的人行道上打打闹闹，把樱桃核当湿纸团瞄准对方的脸，一定看起来很过分。我明白这样的孩子气在我的年纪非常美妙，我从中得到的快乐更是无以言表；那个时刻我真的很爱乔瓦尼，那个下午他美丽非凡。看着他的脸我也发现，能够让他的脸充满光彩对我而言竟是那么重要。我发现我可能愿意付出一切以确保自己不会失去那个力量。我感到自己流向他，像河上的冰破碎时水快速地流动。但也在那一刻，人行道上有一个男孩穿过我们之间，一个陌生人，我把他的美丽拿来与乔瓦尼做比较，我发现我对他的感觉跟我对乔瓦尼的感觉是一样的。乔瓦尼发现了，他看着我的脸笑得更大声。我脸红，他继续笑着，然后那条大道、街灯、他的笑声，变成噩梦的场景。我一直看着那些树，光从树叶间落下。我感到悲哀和羞耻，恐慌而极度苦涩。就在同时——不只我内心的骚动，也是外在的——我感觉脖子的肌肉僵硬起来，因为我很努力地不让自己转头看那个男孩消失在明亮的大道上。乔瓦尼在我身体里唤醒的野兽不愿再睡去；但有一天我不会再跟乔瓦尼在一起，到了那一天，我会不会像其他人一样，发现自己尾随着各式各样的男孩，走进天知道的某条黑暗大道、某个黑暗的地方？

由于这可怖的暗示，我开始对乔瓦尼产生恨意，那恨跟我的爱一样有力，来自同一根源。

2

　　我几乎不知道该如何形容那个房间。某种程度上，它变成我曾经住过的每一个房间，之后我住的每一个房间都会让我想起乔瓦尼的房间。其实我并没有在那里住很久——我们在春天之前相遇，我在夏天的时候离开他——但还是让我觉得自己已在那里住了一辈子。如我所说，在那房间里的生活好像存在于海底，而我肯定在那里经历了一场海洋的变迁。

　　首先，那个房间太小，不足以容纳两个人。从房间看出去是一个中庭。"看出去"只不过表示那个房间有两扇窗，中庭不怀好意地压迫着其中的一扇，一天一天地侵入，好像它以为自己是个丛林。我们，或说是乔瓦尼，总是关着那扇窗；他从来没有买过窗帘，当我住在那里的时候我们也没有买；为了维护隐私，乔瓦尼在玻璃上涂了一层厚厚的白色磨光清洁剂。有时候我们听到小孩子在窗户外面嬉闹，有时候有奇怪的侧影靠在上面。在那时刻，乔瓦尼可能正在整修房间，或是躺在床上，他会像只猎犬一样立刻僵硬起来，保持安静，直到威胁我们安全的东西走开为止。

　　他一直都有整修房间的伟大计划，我抵达以前他就已经开始了。其中的一面墙很脏，壁纸被他撕掉的地方有白色的条纹。对面的墙则永远不会显露，这面墙上一位穿着蓬蓬裙的女士和一位着及膝马裤的男子永恒地一同步行，边缘有玫瑰装饰。壁纸一卷卷或一张张躺在地上，满是灰尘。地上也有我们的脏衣服、乔瓦尼的工具、油漆刷子、一罐罐的油和松香油。我们的行李箱不甚稳固地放置在什么东西上面，我们因此很不情愿打开它们，有时好几天都不换洗次要的必需品，比如说干净的袜子。

从来没有人来探望我们，除了雅克以外，他也不常来。我们离市中心很远，也没有电话。

我记得我在那里醒来的第一个下午，乔瓦尼在我身边睡得很熟，就像一颗掉落的岩石。筛进房间的阳光那么微弱，以至于我无法确知到底是什么时候了。我悄悄点起一根烟，因为我不想吵醒乔瓦尼。我还不知道我该如何面对他的眼眸。我环顾四周，在出租车上乔瓦尼跟我说过他的房间很脏。"肯定没错。"我淡淡地说，转向另一边，看窗户外面。然后我们一直都没有讲话。当我在他的房间醒来之后，我记得那沉默中带有紧张和痛苦，直到被乔瓦尼害羞苦涩的微笑打破："我应该形容得诗意一点。"

然后他在空中张开他粗壮的手指，好像隐喻是可以被抓住的。我看着他。

"你看看这个城市里的垃圾，"他终于说，手指向飞逝而过的街道，"这个城市所有的垃圾，他们拿到哪里去？我不知道他们拿去哪里，但很有可能就是我的房间。"

"我觉得更有可能，"我说，"被倒进塞纳河里。"

起床之后我环顾四周，我才理解到他的比喻里所蕴含的怯懦和大胆。这些不是巴黎的垃圾，巴黎的垃圾是无名的。这些是乔瓦尼生命的反刍。

我的前后以及整个房间，堆了天花板高的纸箱和皮箱，有些用绳子绑起来，有些锁着，有些快满溢出来，在我面前最高的箱子里掉出几张小提琴乐谱。房间里有一把小提琴，躺在一个变形裂开的盒子里——无法判断它到底是昨天才被放在那里，还是在那里已经有一百年之久。桌上压着发黄的报纸和空酒瓶，还有一个连芽眼都烂掉的棕色马铃薯。红酒打翻在地上，已经干了，房间里的空气甜而凝重。但房间的失序状态不是最让人害怕的地方；而是当你试图找寻解决这个失序状态的钥匙，你发现在任何有可能的地方都找不到。因为造成这个状态的，不是习惯或情境或个性，而是惩罚和忏悔。我不明白我是怎么知道的，但我一眼就看出来；也许我知道是因为我还想活下去。我看着这个房间，用同样紧张的感官算计着，用全力计量，那是当一个人面对无可避免的道德危机时，所能尽的全力：沉默的墙上那对遥远而古老的爱人，被镶在无止境的玫瑰花园，两扇瞪着你的窗户，像一对火与冰的双眼，天花板像是一片低云，恶魔在里面窃窃私语，吊在房顶中央的黄色光线也不能使那种恶意温柔一点，反倒渲染出一种病态又难以界定的情色氛围。在这个钝了的箭头之下，散落的光放出恐惧，包围了乔瓦尼的灵魂。我明白为什么乔瓦尼要我，而且带我到他最后的避难所。我来是为了摧毁这个房间，带给乔瓦尼一个新的更美好的生命。这个生命必须是属于我的，为了改变乔瓦尼的生命，我首先必须成为乔瓦尼房间的一部分。

一开始，因为将我领到乔瓦尼的房间的动机是那么的混沌，跟他的希望和欲望没有太大关系，而大部分是出于我自己的绝望，当乔瓦尼上班以后我为自己发明了扮演家庭主妇的乐趣。我把报纸、瓶子、难以想象的大量垃圾丢掉，我检查为数庞大的纸箱和皮箱里的内容物，然后丢弃。但我不是家庭主妇——男人永远无法成为家庭主妇。那个乐趣从来不够真实也不够深切，虽然乔瓦尼总是带着谦卑感激的笑容，用各种方法告诉我，我在那里让他有多快乐，我和我的爱与巧思，站在他和黑暗之间。每一天他让我看到他如何改变，爱如何改变了他，他努力工作，唱歌给我听，爱护我。我陷在深深的困惑当中。有时候我会想，但这就是你的生活。不要再抗拒了。不要再抗拒了。或者我会想，但我很快乐。而且他是爱我的。我很安全。有时候，当他不在我身边，我想，我永远不会再让他碰我，然后，当他碰我的时候，我想那没有关系，那不过是身体，很快就过去了。当一切结束的时候我躺在黑暗里听着他的呼吸声，梦想手的碰触，乔瓦尼的手在我身上，或是任何人的手，可以压碎我也可以让我完整的手。

有时候我在我们吃午后早餐时离开他，香烟烧出来的蓝色烟雾在他的头上盘绕，我前往位于歌剧院区美国运通公司的办公室，如果我有信的话，可以在那里拿到。有时候，在极少数的情况下，乔瓦尼会跟我一起去；他说他没办法处在那么多美国人旁边。他说他们看起来都一样——对他而言我相信是这样没错。但他们在我看来都不同。我相信他们有共同点，所以他们才都是美国人，但我没办法指出那到底是什么。我知道不管这个相同的特质是什么，在我身上也找得到。我也知道乔瓦尼被我吸引有部分的原因也正是如此。乔瓦尼想让我知道他对我生气的时候，他说我是一个"名副其实的美国人",相反,当他高兴的时候他说我根本就不像美国人;两种时候他都深深地刺痛了我,他自己则毫无感应,我很恨这点:我恨自己被叫做美国人(也恨自己这么想),因为除此之外我好像什么都不是,不管那代表了什么;我也恨自己不被认为是一个美国人,因为我好像变得什么都不是。

然而,一个阳光刺眼的仲夏午后,当我走进美国运通公司办公室,我被迫承认这群活跃而不甘寂寞的人看起来像一个整体。在老家的时候,我可以辨认出一些模式、习惯、说话的口音——完全不费吹灰之力;现在,除非我很努力地听,否则每个人听起来都好像是从内布拉斯加来的。在老家我可以辨认出他们穿的衣服,但在这里我只看到行李、照相机、皮带和帽子,全部都来自同一家百货公司。在老家我可以感觉到每个女人身上不同的女人味,但在这里,即使是那些最野心勃勃的女性,也似乎陷入了某种对性的滑稽模仿中,要么过于冰冷,要么彻底干涸,甚至连年纪最大的女人好像也从未与人有过肌肤之亲。男人跟她们不同的地方是男人好像无法显现出他们的年纪;他们闻起来是肥皂味的,确切而言,他们以之来抵御其他更亲密的气味所带来的紧迫危险;六十岁的男人还像当年被打点好的小男孩,从未被玷污、被接触过,完全没有改变,他们安排着行程,身边站着微笑的妻子,要去罗马游览。他的妻子倒比较像他的母亲,逼他大口吞下燕麦粥,罗马就好像她答应要带他去看的电影。但我也怀疑我所看到的只是事实的一部分,甚至还不是最重要的一部分;在那些脸、衣服、口音和鲁莽的态度背后,是力量和悲哀,它们没有被承认也没有被了解,那是发明者的力量,也是脱离者的悲哀。

在取信的队伍中,我排在两个女孩后面,她们决定要留在欧洲,希望在德国的美国政府机构里找份工作。其中一个人爱上了一个瑞士男孩;这是我从她们小声而热切不安的对话里听到的,她正跟她的朋友诉说。她的朋友力劝她慧剑斩情丝——我不知道她是根据什么原则,陷入情网的女孩频频点头,更多是因为迷惑而不是因为同意她朋友的看法。她看起来像是有话要说却不知该如何说出口。"你不能那么傻,"那个朋友说,"我知道,我知道。"那个女孩说。你会觉得她虽然不想当个傻子,但她已经不知道傻子的某种定义是什么,或许也将永远找不到它的另一种定义。

我有两封信,一封是我父亲寄来的,另一封是赫拉寄的。赫拉已经有好一阵子只寄明信片。我怕她的信里有重要的事情,我不想读。我先打开我父亲的信。我读着,刚好站在阳光照不到的地方,在不停转动的双重门旁边。

"亲爱的老弟,"我父亲说,"你到底会不会回来?虽然是我自私的想法,但我真的很想见见你。我觉得你已经离开够久了,天知道我完全不知道你在那里做什么,你来信不够勤,我也无从猜测起。但我猜有一天你一定会后悔自己待在那里,沉迷于自我,时间就这样过去了。那边没有你要的东西。你就像豆子炖猪肉一样属于美国,虽然你不愿再这样想。也许你不介意我这么说,毕竟你的年纪已经不适合再读书,如果你是在读书的话。你快要三十了。我也越来越老,我只剩下你了。我很想见你。

"你一直叫我把你的钱寄过去，我没寄，你一定觉得我是个混账。我不是想饿死你，你知道如果你真的有需要，我一定会第一个帮你，但我真的不觉得让你把剩下的一点点钱花掉是在帮你的忙，等你回来就一无所有了。你到底在做什么？让你老爸知道你的秘密，可以吗？你可能不相信，但我也年轻过。"

然后他说了一大堆关于我继母的事，说她很想见我，还有我的朋友们在做什么。很显然，我的缺席开始让他害怕。他不知道那代表了什么。但他显然活在一片怀疑之中，每一天都变得更黑暗、更模糊——就算他敢尝试，他也不知道要怎么用言语表达。他想问的问题不在信里面，他提的邀请也不在其中：是因为女人吗，大卫？带她回来吧。我不管她是什么人。带她回来，我会帮你打点一切。他不能冒险问这个问题，因为如果得到否定的答案，他将无法忍受。否定的答案将揭露我们已成为陌生人的事实。我把信折起来放进后面的口袋，向阳光照耀着的宽阔异国街道看了一会儿。

有一个水手，全身着白色，以一种水手特有的奇特的摇晃姿态从对街走过来，他的身边有一股必须在短时间内完成许多事情的气息，一种充满希望而坚决的气息。我不由自主地盯着他，但愿我就是他。他好像——不知为何——比我生命中任何阶段都年轻，他的男性气概有如他的皮肤一般肯定地展现出来。他让我想起家——也许家不是一个地方,而是一种不可更改的状态。我知道他是怎么喝酒的,在朋友身边的应对进退,以及痛苦和女人如何地令他感到受挫。不知道我父亲是否曾经像他一样,如果我自己曾经像他一样——还是很难想象,眼前这个像光一般穿过大街的男孩,竟会有前人的榜样可循,竟还找得出连带关系。我们靠得很近,仿佛在眼里看到泄露秘密的恐慌,他对我轻侮而猥亵地投了一个表示理解的眼神;同样的眼神几个小时前他才丢给穿着讲究的女色情狂,或是想说服他自己还是良家妇女的娼妇。假如我们的接触再多一秒钟,我可以肯定话语会从他那光明和美丽的一方浮现,多半是类似"听着宝贝,我知道你们这种人"的残酷话语。我觉得我的脸烧了起来,心脏麻木,经过他身边的时候我在发抖,故作镇定地看着他的后方。他的出现让我吓了一跳,因为我没有想他,我想的是后面口袋的信,还有赫拉和乔瓦尼。我走到对街,不敢回头看,不知道他在我身上到底看到了什么,才会引发他这么立即的轻蔑。我已经老到不会去猜测到底是因为我走路的样子,或我手的动作,还是我的声音——反正他也没有听到。是有别的原因,而我永远都不会知道。我永远都不敢面对。就好像用肉眼看太阳。我疾步快走,不敢看人行道上和我擦身而过的任何人,男人或女人,我知道那个水手在我没有防备的眼里看到的是忌妒和欲望;在雅克的眼里我常常看到,我对他的反应就像那个水手的反应。但如果我还有领受感情的能力,如果他在我眼里能够看得出来,也不会有帮助,因为感情对这些我注定要注视的男孩来说,比欲望还来得吓人。

我比预想中走得还远，那个水手有可能还在看我，我不敢停下来，靠近河的地方，在金字塔街，我在咖啡店的桌前坐下，打开赫拉的信。

"我亲爱的，"她写道，"西班牙是我最喜欢的国家，但我还是认为巴黎是我最喜爱的城市。我渴望回到那些傻子的身边，赶地铁，跳下公车，跟着摩托车跑，塞车，在荒谬的公园里瞻仰那些疯狂的雕像。我为那些在协和广场卖鱼的女士们哭泣。西班牙完全不一样。不管西班牙是什么，它绝对不是轻浮的，我觉得，我可能可以待在西班牙一辈子——假如我没去过巴黎的话。西班牙非常美丽，有许多石头，天气很好，非常寂寞。但最后你还是开始受不了橄榄油和鱼、响板和手鼓——反正我是这样，我想回家，回到巴黎。很好笑，我以前从来没有觉得那里才是家。

"我没发生什么事情——你听了应该会高兴，我承认自己很高兴。西班牙人很和善，但大部分人都很穷，不穷的人则无法沟通，我不喜欢观光客，大部分是英国和美国酒鬼，他们的家人出钱让他们离开（但愿我也有家人）。我现在在马略卡岛，如果可以把所有有钱的寡妇丢到海里，禁止喝马蒂尼，这里会是很美丽的地方。我从来没见过这样的事情！这些老太婆大吃大喝，盯着所有穿裤子的人，尤其是十八岁左右的——我告诉自己，赫拉，我的女孩，看清楚一点。你看到的可能是你的未来。问题是我太爱自己了。我决定要让两个人一起试试看，让两个人来爱我，我是说，看看会怎么样（我做了决定之后感觉很好，我希望你也觉得不错，我亲爱的穿着金贝尔盔甲的武士）。

"我现在被困在前往塞维利亚的旅途中，与我在巴塞罗那遇到的一个英国家庭同行。他们很喜爱西班牙，想带我去看斗牛——你知道吗，我在这里晃了这么久还没有看过。他们其实是很好的人，丈夫是在英国国家广播电台工作的诗人，太太是得力而崇拜他的助手。其实人真的很好。他们有一个无可救药的愚蠢的儿子，他想象自己疯狂地爱上了我，但他太像英国人而且也太年轻了。从明天开始我将离开十天。然后他们要回英国，而我——将回到你身边！"

我把信折起来，现在我知道我日日夜夜期待着这封信，服务生过来问我要不要点饮料，我本来要点一杯开胃酒，但不知哪里冒出来的怪诞想法，我有着想要庆祝的心情，点了一杯苏格兰威士忌加苏打。这杯酒从来没有如此美国，我一边喝一边看着荒谬的巴黎，在炙人的阳光下，跟我心里一样杂乱无章。

我说不上是受到惊吓，或应该说是我没有感到任何恐惧——我听说中弹的人会有一阵子没有任何痛感。我感到某种解脱。好像做决定的必要性已经从我手中被拿走。我告诉自己我们两人一直都知道——乔瓦尼跟我——我们的田园诗会有写完的一天。我并没有对他不诚实——他知道赫拉的事情。他知道总有一天她会回巴黎。现在她要回来了，我跟乔瓦尼的生活也可以结束了。这可能发生在很多男人的身上。我付了酒钱，起来走过河到蒙帕纳斯区。

我高兴万分——然而当我沿着拉斯帕伊大道前往蒙帕纳斯区的咖啡店时，我无法不想起我跟赫拉曾经一起走过，我跟乔瓦尼也一起走过。每走一步，在我面前不断出现的是他的脸，而不是她的。我开始想象他知道这个消息的反应。我不觉得他会跟我吵架，但我害怕看到他脸上的表情，这还不是我真正的恐惧。我真正的恐惧深藏起来，让我一步步走向蒙帕纳斯区。我想找一个女孩，任何人都好。

露天咖啡座很奇怪地没什么人。我慢慢地走，看着路两旁的座位。看不到半个认识的人。我一直走到丁香园，自己喝了一杯酒。我又把信读了一次。我想过去找乔瓦尼，告诉他我要离开他，但我知道现在酒吧还没开，他现在可能在巴黎的任何地方。我慢慢地走回大道上。我看到两个女孩，巴黎妓女，但她们不太好看。我告诉自己我可以找到比她们更好的。我走到菁英咖啡馆然后坐下。我看着人们经过，我喝我的饮料。过了好久都没有我认识的人经过。

出现的这个人，我和她不是很熟，是个叫做苏的女孩，金发，微胖，虽然她不漂亮，但还是有种可以被选为莱茵戈尔德啤酒小姐的特质。她金色的鬈发剪得很短，她有小胸部大屁股，而且，无疑是为了向世界证明她非常不在乎自己的外表穿着，每回我看到她，她几乎都穿着紧身蓝色牛仔裤。我记得她好像是费城来的，家里很有钱。有时她喝醉了，就辱骂她的家人，而有时她换一种方式喝醉，她会赞扬他们节俭和忠贞的美德，我看到她感到既气馁又解脱。在她出现的瞬间，我开始在心里把她的衣服脱光。

"坐下，"我说，"喝一杯吧。"

"真高兴见到你，"她大叫，一边坐下，一边找服务生，"你简直就消失了。你到哪里去了？"她不再找服务生，而是向我投过来友善的一笑。

"我很好，"我告诉她，"你呢？"

"哦，我啊！没有什么变化。"她的嘴角下垂，既带有掠夺性又脆弱，表示了她既是在开玩笑，也不是在开玩笑。"强壮得好像一面石墙。"我们都笑了。她盯着我。"他们说你住到了巴黎的尽头，快要到动物园。"

"我找到一个女佣的房间，很便宜。"

"你自己住吗？"

我不晓得她知不知道乔瓦尼。我觉得我的额头好像在冒汗。"算是。"我说。

"算是？那到底他妈的什么意思？你跟一只猴子一起住，还是怎样？"

我笑了。"不是。我认识一个法国人，他跟他的情人住在一起，但他们常常吵架，而且那其实是**他**的房间，如果他的情人把他赶出来，他就跟我住个几天。"

"啊，"她叹气，"不愉快的恋情！"

"他过得很好，"我说，"他喜欢那样。"我看着她。"你不会吗？"

"石墙，"她说，"是不可穿透的。"

服务生来了。"难道不是，"我大胆地说，"要看是用什么武器吗？"

"你要请我喝什么？"她问。

"你要什么？"我们都在笑。服务生站在我们旁边，表现出一副傲慢的享受生活的态度。

"我想我要，"她眨了眨她明亮的蓝眼睛，"一杯茴香酒，还要很多冰块。"

"两杯茴香酒，"我跟服务生说，"多加冰块。"

"好，先生。"我敢肯定他鄙视我们。我想到乔瓦尼，以及他一个晚上要从嘴里说几次"好，先生"，这个稍纵即逝的念头带来另一个稍纵即逝的念头：乔瓦尼给我的新的印象，他的私生活，他的痛楚，当夜里我们躺在床上的时候那所有像洪水一样从他身上流出来的东西。

"你继续。"我说。

"继续？"她把眼睛张得很大很空洞，"我们刚刚在说什么？"她想表现一副卖弄风情的样子，又想装得冷静，我觉得自己在做一件很残酷的事情。

但我无法停止。"我们刚刚在讨论石墙没办法被穿透。"

"我从来不知道，"她忸怩地笑着，"你对石墙有任何兴趣。"

"我有很多事情你还不知道。"服务生送来我们的饮料。"你不觉得探险很有趣吗？"

她很不满意地看着自己的酒。"老实说，"她说，再次转过身来，用她那双眼睛看着我,"不。"

"你还这么年轻,"我说,"所有的事情对你而言应该都是探险。"

她沉默了一会儿,啜饮她的酒。"我已经,"终于她说,"完成了所有我能够忍受的探险。"但我看着她的大腿摩擦她的牛仔裤。

"但你不可能永远当一面石墙。"

"我不觉得有什么不可以,"她说,"我也看不出来如何可以避免。"

"宝贝,"我说,"我给你一个提议。"

她又拿起她的酒喝了一口,向外瞪着大街。"你的提议是什么?"

"请我喝一杯酒。在你家。"

"我不认为,"她说,转过来对着我,"我家里有东西可以喝。"

"我们可以在路上买些东西。"我说。

她看了我良久。我强迫自己不要转头。"我很肯定我不该这样做。"她最后说了。

"为什么不该?"

她在自己的柳条椅上轻微而无助地动了一下。"我不知道,我不知道你要什么。"

我笑了。"如果你请我到你家喝一杯酒,"我说,"我就会让你知道。"

"我觉得你有点无理取闹。"她说,我第一次在她的眼神和声音里捕捉到真诚。

"嗯，"我说，"我觉得你才是。"我笑着看向她，希望那个笑容看起来像个坚持的小男孩。"我不知道我说了什么不合理的事情，我已经把牌都摊在桌上了。但你还抓着你的牌。我不懂为什么当一个男人说他被你吸引的时候你还说他无理取闹。"

"哦，拜托你，"她说，喝完她的酒，"我敢确定只是因为夏日的阳光罢了。"

"夏日的阳光，"我说，"跟这个一点关系都没有。"她还是没有回答，"你要做的，"我说，急迫地，"只是决定我们下一杯酒要在这里喝还是你家。"

她弹了一下手指，没有表现出该有的潇洒态度。"来吧，"她说，"我一定会后悔的。但你真的要买东西喝。我家里一点东西都没有。而且这样的话，"过了一会儿她又说，"这样我才有赚头。"

到了那个时刻，后悔万分的人，是我。为了避免看她，我装成呼唤服务生的样子。他过来的时候，跟刚刚一样傲慢，我付了钱，我们站起来走向赛夫勒街，苏在那里有一间小公寓。

她的公寓光线昏暗，充满了家具。"这里没有一样东西是我的。"她说，"全部属于租给我房子的那位上了年纪的法国女士，她现在人在蒙特卡洛治疗神经紧张。"她也非常紧张，我认为这份紧张，一时之间对我是个帮助。我买了小瓶的白兰地，放在她大理石桌面的桌子上，把她拉到我怀里。因为某些原因，我非常清楚现在已经过了晚上七点，太阳很快就会从河面上消失，巴黎的夜生活快要展开，乔瓦尼现在正在上班。

她体形很大，不安分地流动着——却无法真正流出。我感到她的僵硬和局促，一股巨大的不信任感，因为碰过太多像我这样的男人，如今无法再被征服。我们即将要做的事可不会漂亮。

她好像也感觉到这点，从我身边移开。"我们先喝一杯，"她说，"除非，你在赶时间，我会尽量不拖延你。"

她微笑，我也微笑。我们两个在那个时刻最为接近——像两个贼。"我们多喝几杯好了。"我说。

"但是不要太多。"她说，又忸怩地笑着，好像一个过气女影星，息影多年以后重新面对残酷的摄影机。

她拿了白兰地消失在厨房里。"放轻松一点，"她往我这边叫，"鞋子脱掉。袜子脱掉。翻翻我的书——我常常想如果这个世界上没有书的话，我不知道该怎么办。"

我把鞋子脱掉，靠坐在沙发上。我试着不要思考。但我在想我跟乔瓦尼做的事情，不会比我即将跟苏做的事情还来得不道德。

她拿来两个很大的白兰地酒杯。她来到沙发边，我们碰杯。我们喝了一点点，她一直看着我，然后我碰她的胸部。她的嘴唇分开，她异常笨拙地放下她的酒杯，然后躺在我身旁。那是个极度沮丧的姿势，我知道她把自己送出来，不是给我，而是给那个永远不会到来的爱人。

而我——我想到很多事，和苏躺在黑暗里性交的时候。我不知道她有没有采取任何避孕措施；想到如果我跟苏生一个孩子，我被困在那样的情境里，简直可以说是被逃避本身困住，这几乎让我突然发笑。我不知道她的牛仔裤是不是被丢在她刚才在抽的香烟上面。我不知道还有没有别人有她公寓的钥匙，别人是不是会透过这些隔音效果糟糕的墙听到我们的声音，不久以后，我们到底会多恨对方。我接近她的方式仿佛她是一份工作，一份不得不用难以忘怀的方法从事的工作。我心里某处知道我正在对她做一件非常糟糕的事情，为了自己的名誉，我不能让这个事实变得太明显。借由这个可怖的爱的行为，我想传达这样的信息，至少我不是因为她或是她的肉体而鄙视她——等我们起来之后我无法面对的并不是她。同样地，在我心里某处，我意识到我的恐惧是过度和没有根据的，事实上，那是一个谎言：随着时间的过去，越来越清楚，我所害怕的并不是我的身体。苏不是赫拉，她并没有降低我认为赫拉来临时会发生的恐惧，她反而将之增强，变得比以前真实，同时我也了解我在苏身上表现得太成功了，我试着不要鄙视她，因为她对她的劳工的感受浑然不知。我从苏一连串的叫声，从她在我背上敲打的拳头，从她的大腿、她的脚来判断我还有多久可以离开。然后我想着，快要结束了，她的呜咽声变得更高更尖锐，我非常敏感地感觉到自己的背还有背上的冷汗。我想着让她享受吧，老天，就把它做完，然后事情快结束了，我恨她也恨我自己，然后结束了，黑暗狭小的房间瞬间回到现实。我只想离开那里。

过了很久她都躺着不动，我感受到夜晚，它呼唤着我。最后我起来点了一支烟。

"也许，"她说，"我们应该把酒喝完。"

她起来把台灯打开，就在她的床旁边。我害怕这个时刻已经很久了。但她没有在我眼里发现——她看着我好像我从一条很长的白色通道走到她的囚室。她把杯子举起来。

"干杯。"我说。

"干杯?"她咯咯地笑。"干杯!爱人。"她靠过来亲吻我的嘴唇。然后,有一会儿,她感觉到什么;她退回去看着我,眼睛还没完全眯起来。然后她轻轻地说:"你觉得我们下次可以再做吗?"

"没什么不可以的,"我告诉她,试着要笑,"大家都带着自己的装备。"

她沉默。然后:"我们可以一起吃晚餐吗——今天晚上?"

"我很抱歉,"我说,"我很抱歉,苏,我已经有约了。"

"喔,那明天呢?"

"听着,苏。我不喜欢定约会。我再给你惊喜吧。"

她把酒喝完,"我不相信。"她说。

她起身走开。"我穿衣服跟你一起下去。"

她消失以后我听到水声。我坐在那儿,还是赤裸着身体,但穿着袜子,又帮自己倒了一杯白兰地。现在我害怕走进夜里了,不久前它还呼唤着我。

当她回来的时候,穿了一条裙子还有一双好鞋子,还稍微把头发弄得蓬松点。我得承认她这样比较好看,比较像个女孩,像个女学生。我站起来穿上衣服。"你看起来很漂亮。"我说。

她有很多很多话想说,但强忍着不说。我不忍心看她脸上的挣扎,那让我觉得非常羞耻。"也许有一天你又寂寞的时候,"她终于说,"我可能不会介意你来找我吧。"她脸上有我所见过最奇怪的笑容。像是痛苦而怀恨在心、感到羞辱,但又外行地带有一丝小女孩般的兴高采烈——僵硬一如她松垮的身体之下的骨骼。如果命运让苏再和我见面,她将会用同样的笑容将我谋杀。

"点一根蜡烛,"我说,"在你的窗口。"然后她打开门,我们走到街上。

3

我在最近的街角和她分手,咕哝着小学童般的借口,看着她麻木的身躯过街走向对面的咖啡馆。

我不知道该做什么或是上哪儿去。最后我发现自己又沿着河边慢慢走在回家的路上。

这可能是死亡第一次这么真实地出现在我的生命里。我想到在我之前凝望着河面、随后永远沉睡在河底下的人们。我想象着他们。我好奇他们是怎么做到的——实际上的行动。很年轻的时候我想过自杀,可能大家都想过,但那时可能是为了报复,那是我告诉这个世界我是如何受苦的方式。但我走回家那晚的沉静,跟这样的风暴没有关系,跟那个很久以前的男孩没有关系。我想到那些已死的人,只是因为他们的生命已经结束了,而我不知道我该怎么过下去。

这个城市,巴黎,我如此热爱的城市,完全的沉默。街上好像一个人都没有,虽然现在夜才刚刚开始。不管怎样,在我的下面——沿着河岸,在桥下面,在墙的阴影里,我仿佛可以听到颤抖的集体叹息——那是爱人和废人,睡着、拥抱着、正在做爱、喝酒、凝望着低垂的夜幕。我经过的房子的墙后,整个法国的人正在洗碗盘,送小让-皮埃尔或小玛莉上床睡觉,皱眉展开对钱、商店、教堂、动荡的国家的永恒思考。这些墙、这些紧闭的窗,包围并保护他们不被这黑暗而呻吟的长夜欺负。十年以后，小让-皮埃尔或小玛莉可能发现自己杵在河边，像我一样，想着他们怎么会掉出安全网，这么长的路，我在想，我走了这么长的路——就为了被毁灭！

然而我记得，在我离开河走上漫长归家的路途时，我真的想要孩子。我想要回到里面，充满光明和安全感的地方，我的男子气概被肯定，看着我的女人送我的孩子上床。我想要每晚睡在同一张床上、同样的臂弯里，我想每天早上起床时知道我身在何处，我想要有一个女人给我稳定的环境，就像地球一样，让我总是可以重新开始。曾经是这样的，曾经几乎就是这样。我可以再恢复原状，我可以让它成真。我只需要一点点力气让我再做一次自己。

我走进走廊时看到门缝下有光。我把钥匙插进锁孔之前，门从里面被打开。乔瓦尼站在那里，头发垂在他的眼前，笑着。他手里有一杯白兰地。一开始我被他脸上仿佛是喜悦的表情打动。然后我发现那不是喜悦，而是歇斯底里的绝望。

我开始问他为什么会在家，但他把我拉进房间，一只手紧紧地抱住我的脖子。他在发抖。"你去哪里了？"我看着他的脸，稍微离开他的身边。"我到处找你。"

"你没去上班吗？"我问他。

"没有。"他说，"喝一杯。我买了一瓶白兰地来庆祝我的自由。"他倒了一杯白兰地给我。我好像没办法移动。他又走过来，把杯子塞到我手里。

"乔瓦尼——发生什么事了？"

他没有回答。忽然他坐到床沿，向前倾斜。那时我看到他也在愤怒的状态下。"人类真是下流，你知道吗？"他抬头看着我，眼里都是泪水。"他们就是脏，全部都是，下流小气又肮脏。"他伸出手把我拉到他旁边的地板。"全部都是，除了你以外。全部都是，除了你以外。"他把我的脸举到两手之间，这温柔从来不像此刻这样叫我害怕。"别让我跌倒，求求你。"他说，然后吻了我，嘴上有种古怪而坚持的温柔。

他的碰触总是引起我的欲望，但他温热微甜的口气则让我作呕，我尽可能温柔地退开，喝着我的白兰地。"乔瓦尼，"我说，"请你告诉我发生了什么事。怎么了？"

"他开除了我，"他说，"纪尧姆。他把我赶出来。"他笑着站起来开始在小房间里走来走去。"他叫我再也不要去他的酒吧。他说我是个混混和小偷，肮脏的街头男孩，我追着他跑的唯一理由——我追着他跑——只是因为我打算某天晚上要抢他的钱。爱情结束后，妈的！"他又笑了。

我什么话都说不出口。我觉得房间里的墙仿佛向我逼近。

乔瓦尼站在我们的白色窗户前，背对着我。"他在很多人面前这样说，就在酒吧的楼下。他一直等到有人进来。我想杀了他，我想把所有人都杀了。"他转回来面对房间中央，又倒了一杯白兰地。他一口喝掉，忽然拿起杯子用尽全力摔到墙上。杯子只在空中飞了一下，然后化成千万颗碎片撒落在我们的床上。一开始我没办法动；然后，我好像在水中行走，可是又看着自己走得飞快，我上前抓住他的肩膀。他开始哭。我抱着他。当我感到他的愤怒像汗里的酸液进入到我的体内,我的心为了他简直要炸开,同时我也不由自主地,产生一股不可思议的轻蔑,想着我竟会以为他很坚强。

他离开我,靠着没有遮掩的那面墙坐下。我面向他坐着。

"我在往常的时间到酒吧,"他说,"今天我感觉很好。我到的时候他还没到,像往常一样我清理吧台,喝点小酒吃吃东西。他一进来我马上看出他的心情恶劣——可能才被年轻男孩羞辱过。这说来好笑,"他笑了,"你老是可以看出纪尧姆的心情恶劣,因为他会变得很得体。当有羞辱他的事情发生,让他看到自己是这么可厌、这么孤单,即使只是一下子,他便会记起自己是巴黎最古老而尊贵的家族成员之一,但也许他也想到他的姓氏将跟他一起走进坟墓。他必须做点什么,而且要尽快,才能让那些感觉消失,他一定要大声嚷嚷,找个**非常**漂亮的男孩,喝醉酒、吵架或者看他的色情照片。"他暂停了一下,又站起来走来走去,"我不知道他今天发生了什么事,但他进来的时候,一开始非常公事公办的样子——他想挑我的毛病,但他找不出什么,便上楼去了,不久之后他叫我。我很讨厌去吧台上面他那小小的临时客房,每次都会有难看的场面发生。但我不得不去,我看到他穿着睡袍,香水擦得很浓。我不知道为什么,但我一看到他那样子就生气。他看着我,仿佛他是最会卖弄风情的人——他真是丑陋,丑陋至极,他的身体就像酸了的牛奶!——然后他问我你好不好,我有一点惊讶,因为他从来没有提过你。我说你很好。他问我我们是不是还住在一起。我想也许我应该骗他,但我找不出理由来骗这个恶心的老同性恋,所以我说,当然,我试着保持冷静。然后他问我一个很糟糕的问题,我开始觉得看着他或是听他说话会让我想吐。我想最好还是速战速决,我说连教士或医生都不会问这种问题,我说他应该觉得自己很可耻。他可能一直在等我说出这样的话,因为那时他变得很生气,提醒我我是他从街上救起来的,他做这做那,所有的一切都为了我,因为他觉得我很迷人,因为他很爱慕我。诸如此类的话,说我毫不感恩又没有礼貌。我可能处理得很不好,本来我可以让他尖叫,本来我可以让他亲吻我的脚,我发誓!但我不想,我真不想跟他发生关系。我试着用严肃的态度。我告诉他我从来都没有欺骗过他,一直都说不愿意当他的爱人,然后,他还是给了我这份工作。我说我工作非常认真,而且对他很诚实,如果——如果我对他的感觉跟他对我的感觉不同,那也不是我的错。然后他提醒我有一次——只有一次——我不想答应,但我那时太饿了,虚弱得一直呕吐。我还是试着保持冷静,用正确的方法来处理。所以我说,但那时候我没有男朋友。我现在已经不是一个人了,我现在和一个男孩在一起。我以为他可以理解,他很在乎浪漫和忠贞的梦想。但这次不是这样,他笑我,然后说了更多关于你的糟糕的事,他说你是个美国男孩,归根结底只是在法国做些在自己的国家不敢做的事,而你很快就会离开我。最后,我生气地说他并没有付我钱叫我听这些毁谤的话,那时我听到楼下有人进来,于是我转身没再说什么就走出去。"

他在我面前停下来。"我可以再喝一些白兰地吗?"他问我,微笑着,"我不会再打破杯子。"

我给他我的玻璃杯。他喝完以后还给我。他看着我的脸。"不要害怕,"他说,"我们会没事的。我不怕。"然后他的眼神黯淡下来,再度望着窗外。

"所以,"他说,"我希望那算结束了。我回去工作,试着不想纪尧姆或是他在楼上想什么或做什么。你知道吗?那是开胃酒时间,我非常忙碌。忽然我听到楼上的门被重重地关上,我听到的一刹那就知道有事情发生了,可怕的事情,他走进吧台,盛装,像法国的生意人,直接走到我面前。他进来的时候没有跟任何人说话,看起来非常苍白而愤怒,很自然这吸引了别人的注意。大家都等着看他会做什么。我得承认,我以为他要打我,或是他可能疯了,在口袋里藏了一把枪。所以我很确定我看起来很惊慌,那对事情没有什么好处。他走到吧台后开始指责我是个基佬,是个小偷,叫我立刻离开,否则他叫警察把我关到牢里。我目瞪口呆,他的声音越来越大,人们竖起耳朵听,忽然,我亲爱的,我觉得自己在坠落,从一个很高的地方掉下来。过了很久我都无法动怒,我感觉眼泪像火焰一样冒出来。我无法呼吸,我不敢相信他真的这样对我。我一直说,我做了什么?我**做**了什么?他没办法回答,但很大声地叫喊,像枪声一样:'你知道的,贱人!你知道得很清楚!'没有人知道他的意思,那就像在戏院大厅的时候一样,我们认识的地方,你记得吗?所有人都知道纪尧姆是对的,我是错的,我好像犯了什么错。他走到收银机旁拿出一些钱——但我了解他知道那时候收银机里面根本没什么钱——推到我面前说：'拿去！拿去！最好现在给你，省得等你晚上再偷走！你现在给我离开！'哦，吧台里的人脸上的表情，你应该看看的，看起来那么睿智又充满悲剧，他们现在知道一切真相大白，他们一直都了然于心，他们很高兴自己跟我没什么瓜葛，啊！烂货！那些肮脏的王八蛋！婊子！"他又开始哭泣，这次充满愤怒。"然后，终于，我出手打他，很多只手抓住我，到那个时候我已经不知道发生了什么事了，但过不久我在街上，那些撕烂的钞票在我的手中，所有的人都在瞪我。我不知道要做什么，我不愿意走开，但我知道如果再发生什么事，警察会来，纪尧姆会把我送进牢里。但我还会看到他的，我发誓，到那一天——"

他停下来坐着，盯着墙看。然后他转向我。他看了我良久，没说半句话。然后，"如果你不在这儿的话，"他说，迟缓地说，"这可能就是乔瓦尼的末日。"

我站起来。"别傻了，"我说，"没那么悲惨的。"我停下来。"纪尧姆十分可憎。那些人都一样。但这不是发生在你身上最糟糕的事情，不是吗？"

"也许所有发生过的不好的事都让人更脆弱，"乔瓦尼说，仿佛他没听到我说的话，"所以你能忍受的越来越少。"然后，抬头看着我，"不是。更糟糕的事情很久以前就发生在我身上，我的生命从那天开始就变得很糟糕。你不会离开我吧，会吗？"

我笑了。"当然不会。"我开始把床上的碎玻璃抖到地上。

"我不知道如果你离开我该怎么办。"我第一次在他的声音里感到潜在的威胁——也许是我自己加上去的。"我已经孤独这么久了——如果我又变成孤独一人，我想我无法再活下去。"

"你现在并不孤独。"我说。然后又很快地说——因为那一刻我无法忍受他的碰触："我们去走走好吗？来——离开这个房间一下。"我咧开嘴笑，粗鲁地铐住他的脖子，像在踢美式足球一样。我们紧靠着对方一会儿，我把他推开。"我请你喝一杯。"我说。

"那你会带我回家吗？"他问。

"是的，我会再带你回家。"

"我爱你，你知道吗？"

"我知道，我的老友。"

他走到水槽边开始洗脸。他梳头发。我看着他。他从镜子里对我笑，看起来忽然美丽而快乐。而且年轻——我一辈子从来没有这么绝望或感觉如此衰老。

"我们会没事的，"他大叫，"不是吗？"

"当然。"我说。

他从镜子前转过来。他又严肃了起来。"但你要晓得——我不知道还要多久才能找到工作。我们几乎没有钱了。你有钱吗？你今天有收到从纽约来的钱吗？"

"今天纽约那边没钱过来，"我说，冷静地，"但我口袋里有一点钱。"我拿出来放在桌上。"大概有四千法郎。"

"那我——"他搜遍他的口袋，散落出钞票和零钱。他耸耸肩笑着看我，那难以置信的甜美笑容，那么无助又令人感动。"我很抱歉。我有一点疯了。"他蹲下来捡起所有的钱放在桌上，跟我的钱放在一起。大概有三千法郎的钞票需要被粘好，我们先收起来。

剩下在桌上的钱加起来大概有九千法郎。

"我们不富有,"乔瓦尼忧伤地说,"但我们明天还有饭吃。"

不知为何我不希望他担心。我无法忍受看到他脸上的那个表情,"我明天再写信给我爸,"我说,"我跟他撒个小谎,一个他可能会相信的谎,然后叫他寄给我一点钱。"仿佛有一股力量让我走向他,把我的手放在他的肩膀上,我强迫自己看着他的眼睛,我笑着,那个时刻我真的感觉犹大和基督在我体内相会。"不要害怕,别担心。"

站在他身边,我同时也感到一股想要保护他的热情,下过的决心——又一次!——从我手中被夺走。不论是我的父亲,或是赫拉,在那一刻都显不出真实。我绝望地感到我再也不能感受真实,甚至这一点本身也不够真实——除非,这个坠落的感觉本身就是现实。

夜渐渐缩短,随着过去的每一秒钟,我心底的血液沸腾冒泡,我知道不论我做什么,极大的苦恼将会在这个屋子里占领我,银色而赤裸有如乔瓦尼即将面对的那把大刀。我的刽子手就在这里,跟我一起走来走去,清洗东西,打包行李,从我的酒瓶里喝酒。我每一次转身就看到他们。墙上、窗户上、镜子里、水里、屋外的夜里——到处都看得到他们。我可能会呼喊出来——就像此刻的乔瓦尼,躺在他的囚室里。但没有人会听到。我可能会试图解释。乔瓦尼会试图解释。我可能会要求宽恕——如果我能为我的罪行正名,面对它,如果在任何地点,有任何人,拥有宽恕的力量。

不，如果我能够感受罪恶就好了。但无辜的终结也是罪恶感的终结。

不管现在看起来如何，我必须做告解：我爱过他。我不觉得我还能如爱他那般地爱任何人。如果我不知道以下这点的话，将会是个极大的解脱：我知道当刀子落下的时候，乔瓦尼，如果他能感觉的话，他也会感到解脱的。

我在这个屋子里走来走去——走来走去，我想到监狱。很久以前，在我认识乔瓦尼之前，我在雅克的派对上碰到过一个人，派对是为了庆祝他在牢里过了半辈子。他以此写了一本书，招来典狱长的怨言，但赢了一项文学奖。这个人的生命已经结束了。他很喜欢这么说，因为待在监狱里就是无法活下去的意思，于是死刑是任何陪审团所能做出最慈悲的判决。我记得我想过，事实上他从未离开监狱，监狱就是他的现实，除此之外他没办法再谈论任何事情，他所有的动作，甚至是点烟的方式，都异常鬼祟，不管他的眼神望向何方，都仿佛有一道墙在他面前矗立。他的脸，他脸上的颜色，让人联想到黑暗与潮湿，我觉得如果有人切开他的肉体，会像切蘑菇一样。他用一种热切而怀旧的态度对我们描述，装了铁条的窗、装了铁条的门，那些叛徒、狱卒站在走廊的远端，就在灯光下。监狱有三层楼那么高，所有的东西都是黑灰色。一切又暗又冷，除了狱卒站着的那一块地方打着光。空气里永远都有拳头击打金属的记忆，单调的敲击声呼之欲出，像潜伏的疯狂。守卫低声嘀咕，在走廊上移动，在楼梯上上下下徘徊。

他们穿着黑衣服，配着枪，永远害怕着，不敢显露出仁慈。三层楼以下，监狱的中心，也是它巨大冰冷的心脏，永远都有活动在进行；受信赖的囚犯用推车推着东西，在办公室进进出出，讨好守卫以期望得到香烟、酒精或是性的特权。监牢里的夜更深了，到处都有窃窃私语的声音，大家都知道——不知为何——明天一大早死亡将进驻中庭。一大清早，在受信赖的囚犯推着大垃圾车出现在走廊上之前，有三个着黑衣的男人将无声无息地下到走廊上，其中一个人会用钥匙转动锁孔。他们会出手抓住某人将他推向走廊，首先到教士那里，然后到一扇只为他开启的门前，在将他腹部朝下丢向一块木板、让刀子落在他的后颈之前，也许会让他向那个早晨投去最后一瞥。

我在想乔瓦尼的牢房不知有多大，不知道是不是比他的房间还大。我知道一定比较冷。不知道他是自己一个人，还是有两三个囚犯跟他关在一起；他是否在玩牌、抽烟、讲话，或是在写信——他会写给谁呢？——还是他正走来走去。不知道他是否知道隔天早晨就是他生命的最后一天。（因为，囚犯们通常不知道，律师会告诉亲友但不会告诉囚犯本人。）我不知道他是否在乎。不管他知不知道或者在不在乎，他肯定很害怕。不管有没有人跟他一起，他一定是孤独的。我试着想看清楚他，但他背对着我，站在他的囚窗下。从他所在的位置他可能只看得到监狱的另一边；也许，再努力一点可以刚好看到在高墙外的一小块街道。我不知道他的头发被剪了还是留长了——我觉得应该是剪了。不晓得他有没有刮胡子。一百万个细节证明我们曾经有过的亲密关系，现在都冲向我的脑海。我在想，比如说，他不知道需不需要去上厕所，他今天可不可以进食，他流汗还是干爽。在牢里不知是否有人跟他做爱。然后有某件事震撼着我，我感受到强烈的震撼，我感到干萎，像是沙漠中死掉的生物，我知道我希望乔瓦尼今晚能够睡在某人的臂弯。我但愿现在我的身边也有人。不管是谁我都会整夜与他做爱，我会整夜和乔瓦尼一起行动。

乔瓦尼丢掉工作之后我们过着闲混的生活，像只用一条随时会断的绳索吊在山谷中那般绝望的登山客。我没有写信给我父亲——我一天拖过一天。那个举动太极端了。我知道我应该说什么样的谎话，可以行得通的那个——但是——我不确定那是否真的是谎言，我们的日子消磨在房间里，乔瓦尼又开始整修。他有一个奇怪的想法，他想做一个嵌入墙壁的书架，他在墙壁上猛削直到看到砖块，然后他开始把砖块打掉。那是个辛苦的、疯狂的工作，但我没那个精力也不忍心告诉他。某一方面说来他是为我而做的，为了向我证明他的爱。他想要我跟他留在那个房间。也许他用自己的力气，试着想把逼近的墙推回去，但不让墙倒下。

现在——当然要到现在，我在那段日子里感知到的美丽东西，在那时都像折磨。那时我觉得，乔瓦尼把我拖向海底。他找不到工作。我知道他没真的在找，因为他没有办法。他受了伤，可以这么说，伤重到连陌生人投在他身上的眼光都像是在伤口上撒盐。他无法忍受我有一刻不在他的身边。在上帝的寒冷而绿色的地球上，我是唯一关心他的人，唯一能够了解他说话和沉默的方式的人，了解他的臂弯，而且没有藏一把刀子。他把救赎押在我身上，而我无法承担。

钱渐渐变少——钱用得很快，并不是渐渐变少。每天早晨，当他问我"你今天要去美国运通公司那边吗？"，他都试着在声音里隐藏他的恐慌。

"当然。"我会这样说。

"你觉得今天你的钱会进来吗？"

"我不知道。"

"他们到底把你的钱扣在纽约干吗？"

然而，我还是无法行动。我去雅克那边又借了十万法郎。我告诉他乔瓦尼跟我现在的日子很苦，但很快就会过去的。

"他倒是很好。"乔瓦尼说。

"有时候，他**可以**是个好人。"我们坐在奥德翁剧院附近的一个露天座位。我看着乔瓦尼，一度想着，如果雅克能把乔瓦尼从我身边接收过去该有多好。

"你在想什么？"乔瓦尼问我。

我一下子觉得既害怕又可耻。"我在想，"我说，"我想离开巴黎。"

"你想去哪里？"他问。

"喔，我不知道，哪里都好。我已经受够这里了。"我说得很突然，暴力的程度让我们俩都吓了一跳，"我受够这个古老的石头堆，还有这些该死的自鸣得意的人。所有你放在手里的东西都会变成碎片。"

"那，"乔瓦尼阴郁地说，"说得没错。"他感情强烈地看着我。我强迫自己微笑地看着他。

"你不会想要离开这里一阵子吗?"我问。

"啊!"他说，两手举起来一下，手心向外，戏谑地表示无力感。"你要去哪里我就去哪里。我对巴黎的感觉不像你忽然之间那么强烈。我从来都没有那么喜爱巴黎。"

"也许，"我说——我根本不知道自己在说什么——"我们可以去乡下。或是西班牙。"

"啊，"他说，轻轻地，"你在想念你的小姑娘了。"

我有罪，也感到厌恶，充满了爱和痛苦的感觉。我想甩掉他也想拥他入我的怀里，"那不是想去西班牙的理由，"我绷着脸说，"我只是想看看那边，只不过是如此，这个城市消费太高了。"

"那么，"他高兴地说，"我们去西班牙吧，也许会让我想起意大利。"

"还是你想去意大利? 还是你想回家看看?"

他笑了:"我不觉得我在那里还有家。"

然后:"不，我不想去意大利——也许，跟你不想去美国的原因一样。"

"但是我**要**去美国。"我很快地说。他看着我。"我是说，我总有一天当然会回去的。"

"总有一天，"他说，"总有一天——什么样的坏事都会发生。"

"为什么是坏事?"

他笑着:"因为你会回家然后发现家再也不是家。那时你的麻烦就大了。只要你还待在这里,你可以想:总有一天我会回家。"他玩弄我的大拇指,笑开来。"不走吗?"

"美妙的逻辑,"我说,"你是说我有家可回,只要我不回去的话?"

他笑了。"难道不是吗?你要离开才会有家,然后,等你离开以后,你永远不能回去。"

"我好像,"我说,"听过这首歌了。"

"啊,**是的**,"乔瓦尼说,"而且你还会再听到。这种歌永远都会有人在某处唱着。"

我们站起来开始走路。"那如果我遮住耳朵不听,"我随便问,"会发生什么事?"

他沉默了好久。然后:"有时候,你真的让我想到,为了不被车子撞到而宁愿把自己关在牢里的那种人。"

"那句话,"我尖锐地说,"可能用在你身上还比较适合。"

"你是什么意思?"他问。

"我说的是那个房间,那个令人厌恶的房间。为什么你把自己在里面埋了那么久?"

"把我自己埋在里面?原谅我,我亲爱的美国人。但巴黎不像纽约,像我这样的男孩没有那么多地方可去。还是你觉得我应该住在凡尔赛?"

"别的地方一定——一定还有,"我说,"别的房间。"

"房间是少不了的。这个世界充满了房间——大房间、小房间、圆的房间、方的房间,有的房间高,有的房间低——各式各样的房间！你觉得乔瓦尼应该住在什么样的房间？你觉得我花了多少时间找到那个房间？而且从什么时候开始，什么时候，"——他停下来，用食指指着我的胸口——"你开始那么讨厌那个房间？什么时候开始的？是昨天，还是一直都是这样？告诉我。"

面对着他，我退缩了。"我不讨厌它。我——我没有要伤害你的感情的意思。"

他的双手下垂。眼睛睁得老大。他笑了。"伤害我的感情！现在我变成陌生人了，你得用那一套跟我说话，那种美式礼数？"

"我的意思只是，宝贝，我希望我们可以搬家。"

"我们可以搬家，明天就搬！我们去住旅馆。你想要这样吗？还是去住克里昂大饭店？"

我叹口气，无言以对，我们又开始走路。

"我知道了，"他叫出来，过了一会儿之后，"我知道了！你想离开巴黎，想搬离那个房间——啊！你真是淘气。你真是残酷！"

"你误会我了，"我说，"你误会我了。"

他对自己冷冷地笑："我也希望是这样。"

之后，我们回到房间里，把乔瓦尼拆下来的零散砖块放到麻袋里，他问我："你那个女孩——你最近有她的消息吗？"

"最近没有，"我说，我没有抬头，"但我预期她随时就会回到巴黎。"

他站起来，在房间的正中间，在灯下看着我。我也站起来，半带着笑，但很奇怪地，隐隐约约害怕着。

"过来吻我。"他说。

我清楚地记得他手里拿着一块砖头,我手里也有一块。那一瞬间,如果我没有走向他,我们可能就会彼此用那两块砖头杀死对方。

尽管如此,我无法马上动弹。我们隔着一道狭长的空间望着彼此,里面充满危机,几乎要着火。

"过来。"他说。

我放掉手中的砖块走向他。不一会儿听到他的砖块也落地,在那时刻我觉得我们只是在忍受并且实施更长久、更轻微却永无休止的谋杀。

4

终于收到我等待已久的赫拉的信,告诉我她回巴黎的日期和时间,我没有告诉乔瓦尼,但到了那天我自己一个人出去,走到车站去和她碰面。

我盼望当我看到她的时候,某种立即而决定性的事情会发生在我身上,让我知道我归属何方、身在何处。但什么事都没有发生。在她看到我之前我立刻认出她,她穿着绿色的衣服,头发短了一点,脸晒得黝黑,笑容灿烂如从前。我爱她一如往昔,然而我还是不知道那爱到底有多少。

她看到我时呆立在月台上,她的手合在身前,腿叉开像个男孩的站姿,笑着,有好一会儿我们只是凝视着对方。

"好啊,"她说,"不想让你的女人觉得不好意思?"

我拥她入怀,然后某些事情发生了。我极度高兴看到她。当赫拉在我的怀里,那感觉真的好像我的手臂是一个家,而我正欢迎她回家。她在我的怀里刚刚好,一直都是这样,拥抱她带来的震惊让我觉得自从她离开以后,我的怀抱是空虚的。

我抱她抱得很紧,在那高高的黑色屋檐下,身边乱糟糟的有许多人,就在吐着气的火车旁边,她闻起来像风像海像太空,我在她不可思议的活生生的身体里感到合法投降的可能性。

然后她退开,她的眼眶湿润。"让我看看你。"她说。她伸出手臂拉住我，仔细看着我的脸。"啊。你看起来真好。我好高兴再看到你。"

我轻轻吻了她的鼻子，觉得自己已经通过初步检验。我拿起她的行李，我们开始走向出口。"你的旅途好玩吗？塞维利亚怎么样？你喜欢斗牛吗？你有没有碰到什么斗牛士？全部告诉我。"

她笑着。"一切都太难了。我的旅途很糟，我不喜欢火车，我希望我可以坐飞机，但坐过一次以后我发誓绝对绝对不要再坐。飞机颠簸得很厉害，亲爱的，像一部开在空中的福特 T 型车——它可能以前就是一部福特 T 型车——我就坐在那儿，边祷告边喝着白兰地。我本来确信我再也看不到陆地了。"我们穿过栅栏，走到街上。赫拉开心地看着周遭的一切，咖啡店，独立的人，一团乱的交通，穿着蓝色斗篷的交通警察还有他闪亮的白色警棍。"回到巴黎，"她说，过了一会儿，"永远这么美妙，不管你之前去了哪里。"我们坐上一辆出租车，司机转了一个大弯开进车流里。"我认为即使是你怀着极大的悲伤回来，你还是可以——可以在这里找到慰藉。"

"让我们祈祷，"我说，"我们永远不必让巴黎接受这个试验。"

她的笑容既明亮又忧郁。"让我们这样祈祷。"然后她忽然把我的脸捧在手心吻了我。她的眼中有很大的问号，我知道她等不及要得到答案。但我还办不到。我把她抱近一点，吻了她，我的眼睛是闭着的。我们之间的一切都跟以前一样，但同时一切也都不同了。

我告诉自己我还不要想到乔瓦尼，我还不要担心他；至少今晚，赫拉和我应该在一起，不让别的事物拆散我们。但是，我很清楚这不太可能：他已经把我们拆散了。我试着不要去想他一个人坐在那个房间里，想着为什么我去了那么久。

我们一起坐在赫拉位于图尔农街的房间喝着芬德多白兰地。"这个太甜了，"我说，"在西班牙就喝这个吗？"

"我从来没有看过西班牙佬喝这个。"她说，然后笑了，"他们喝酒，我喝金菲士——在西班牙的时候我以为喝这个很健康。"她又笑。

我一直亲她抱着她，试着摸索她，好像她是一间熟悉的房间，我摸黑进去找灯的开关。而且用我的吻，我试着拖延对她做出承诺的时间，或是放弃对她做出承诺的时间。但我想她认为我们之间模糊的局促感都是她的行为造成的，全都是她的责任。她想起当她不在的时候，我写给她的信越来越少。在西班牙时，一直到最后，她可能都不是很担心；直到她做了决定以后，她才开始担心我也做了决定，可能还跟她相反。也许她让我等太久了。

她的天性直率而缺乏耐性，事情不明朗让她痛苦；然而她强迫自己等待我的只字片语，手里紧握强烈欲望的缰绳。

我想强迫她放开那缰绳。不知为何，在我们再次结合之前我说不出话。我希望借着赫拉，我可以将乔瓦尼的形象和他的碰触烧掉——我想用火焰来驱走火焰，但我对于自己行为的认知让我三心二意，最后她终于问我，脸上有笑容："我是不是离开太久了？"

"我不知道，"我说，"那是一段很长的时间。"

"那是一段很孤独的时间。"她说，出乎我的意料。她稍微转过去，躺在她那一边，对着窗户看。"我觉得好没目标——好像一颗网球，弹着弹着——我开始不知道自己会落在哪里，我开始觉得，不知在哪里，我可能错过那班船了。"她看着我。"你知道我说的那班船是哪一班船。我来的地方他们拍了很多电影在讲这个。那班船，当你错过的时候，是一艘小船，但当它驶过来的时候，是一艘大船。"我看着她的脸。我从来没见过她这么平静。

"你一点，"我紧张地问，"都不喜欢西班牙吗？"

她一只手不耐烦地拨头发："喔，我当然喜欢西班牙，有什么好不喜欢的？西班牙非常美丽。我只是不知道我在那里做什么。而且我开始对于没有特别理由而到某个地方感到厌烦。"

我点了一支烟微笑着。"但你是为了离开我才去西班牙——你还记得吗？"

她笑着捏我的脸。"我对你不是很好，是不是？"

"你对我很诚实。"我站起来走开几步，"你想了很多吗，赫拉？"

"我在信里告诉你了——你不记得吗？"

一瞬间所有的事物仿佛都静止下来。甚至街上隐约传来的噪声都不见了。我背对着她，但我可以感觉到她的眼神。我觉得她在等待——所有事物似乎都在等待。

"我不确定你信中的意思。"我在想，**也许我可以不用告诉她任何事情而脱身**，"你的信里有点——不太正式——我不知道你对于跟我一起到底是感到快乐呢，还是遗憾。"

"哦,"她说,"但我们一直都不太正式,那是唯一我可以说出口的方法。我怕让你难堪——你不明白吗?"

我想说,她接纳我是出自绝望,只是因为我在场,而不是因为她真的要我。我觉得,虽然这可能是事实,但她已经不知道了。

"但也许,"她说,小心翼翼地,"你的感觉已经不同了。如果是那样的话请你告诉我。"她等待我的答案。然后,"你知道,我其实不是如自己想象的那般解放的女孩。我猜我可能只是想要一个每天回家的男人。我想跟一个男人在一起而不必担心怀孕的事,该死,我想怀孕,我想开始生小孩。我其实只会做这个。"又是一阵沉默。"这是你想要的吗?"

"是的,"我说,"那一直都是我要的。"

我迅速转过来面对她,好像有一双强而有力的手按着我的肩膀把我转过来。房间里是暗的。她躺在床上,看着我,嘴巴微张,眼睛像灯光一样。我特别感觉到她身体的存在,还有我自己的身体。我走向她,把头放在她的胸部。我想躺在那里藏好不动。但我感觉到她身体深处在移动,围着墙的坚固城市急着打开城门,好让国王光荣进入。

"亲爱的爸爸,"我写着,"我不会再对你隐藏,我找到了一个我想娶的女孩,我不是故意要瞒你,我只是还不确定她要不要嫁给我。但她终于同意要冒险,可怜的软心肠的小家伙,我们决定趁还在这里的时候结婚,慢慢计划回去的事。她不是法国人,如果你担心。(我知道你不是不喜欢法国人,只是你觉得他们没有我们的道德观——我可以加上一句,他们的确没有。)总而言之,赫拉——她的名字是赫拉·林肯,从明尼阿波利斯来的,父母亲仍然健在,父亲是公司律师,母亲是全职太太——赫拉想在这里度蜜月,不用说,她想做什么我都没有意见。所以,现在你可以寄给你的爱子他辛辛苦苦赚来的钱吗? Tout de suite. 这是法文里的'尽快'。

"赫拉——照片没有本人漂亮——几年前来这里学画。然后她发现自己没办法当画家,当她正准备投入塞纳河的时候,我们遇见对方,剩下的就像大家所说的,都是历史了。我知道你会爱她的,爸爸,而她也会爱你。她已经让我变成一个很快乐的男人。"

赫拉和乔瓦尼碰到彼此纯属意外,那时她回巴黎已经有三天了。这三天里我没见他的面,也没提过他的名字。

我们整天在城市里闲逛,一整天赫拉都有许多话可讲,有关一个我以前很少听她说起的话题:女人。她口口声声说当女人很困难。

"我不知道为什么当女人有那么难,至少,她有男人的时候还不错。"

"就是因为那样,"她说,"你从来不觉得那是一种令人耻辱的需要吗?"

"拜托,"我说,"我认识的女人都不觉得是这样。"

"嗯,"她说,"我确定你从来都没有——从那方面来想过。"

"我当然没有,我希望她们也不要这样想。为什么*你*要这样?

你在抱怨什么？"

"我不是在抱怨。"她说。她低声哼着一首轻松的莫扎特曲子。"我没有发牢骚。只是好像，你想要成为自己，就要先受一个恶心、不刮胡子的陌生人的支配——这很困难。"

"我还不知道我是**那样**的，"我说，"我什么时候恶心了？我可能是该刮胡子，但那都是你的错，我根本没办法离开你身边。"我笑着吻了吻她。

"嗯，"她说，"你**现在**可能不是陌生人。但你以前就是，而我确定有一天你还是会变成陌生人，可能还不止一次。"

"如果变成那样的话，"我说，"那你对我来说，也是陌生人。"

她看着我，脸上有明亮的笑容。"会吗？"然后，"但我刚说作为女人的困境就是，我们可能现在结婚，过了五十年，这段期间对你而言我可能一直都是陌生人，可是你自己却不知道。"

"但如果**我**变成陌生人的话——**你**会知道吗？"

"对一个女人而言，"她说，"我觉得男人永远都是陌生人。让陌生人摆布是很可怕的。"

"但男人也受女人摆布。你没想过吗？"

"啊！"她说，"男人可能受女人摆布——我觉得男人喜欢这样想，这可以抚弄他们心里厌女的那部分。但如果某个**男人**被某个**女人**所摆布——哎呀，他就不再是个男人了，而那位女士，就永远被绑住了。"

"你是说，我不能受你摆布，但你可以受我摆布？"我笑了，"我倒想看看有**谁**可以摆布你，赫拉。"

"你现在可以笑，"她幽默地说，"但我说的不无道理。我在西班牙的时候开始了解——我其实是不自由的，我没办法真正自由，除非我归属于别人——不，应该是说除非我有了**忠诚**的对象。"

"对某个人？而不是某样**东西**？"

她沉默着，"我不知道，"最后她说，"但我开始觉得女人归属于的某样**东西**是注定好的。如果她们可以的话，她们随时都会为了男人放弃它。当然她们不能承认这件事，而且大部分的人也不能放弃她们所有的一切。但我觉得这会杀了她们——也许我的意思是，"过了一会儿，她又加上，"也许那会杀了**我**。"

"你要什么，赫拉？你到底得到了什么让你变得这么不同？"

她笑了。"这不是我已经**得到**的。甚至跟我**要的**也没有关系。而是**你现在得到我了**。所以我可以——当你最听话最亲爱的仆人。"

我浑身发冷。我摇摇头假装困惑："我不知道你在说什么。"

"哎，"她说，"我是在说我的生命，现在我有了你，我照顾你、喂饱你、折磨你、跟你玩小把戏、爱你——我要忍受你，从现在开始，我可以享受抱怨身为女人的乐趣。我不必再害怕自己**不是个女人**。"她看着我的脸，笑了。"哎！我还会做别的**事**，"她大叫，"我不会变笨。我还是会读书辩论，继续**思考**——我会努力不要和**你**有一样的想法——你会很高兴，因为我确定由此导致的混乱会让你发现，我只有女人那种有限的思维。如果上帝是仁慈的，你会越来越爱我，我们会相当快乐。"她又笑。"不用操心，我的甜心，留给我来就好了。"

她的快乐感染了我，我又摇摇头，跟她一起笑。"你真可爱，"我说，"我一点都不了解你。"

她又笑，"你看，"她说，"那没有关系。我们俩都好像鸭子下水一样，会很快适应。"

我们经过一家书店时她停下来。"我们可以进去一下吗？"她问，"有一本书我想买，"我们进去的时候她又说，"蛮俗气的一本书。"

我兴致盎然地看着她过去跟书店的女老板说话。我漫无目的地逛到最远端的书架，有一个男人背对我站着在翻杂志。当我站到他身边，他放下合上的杂志，然后转过来。我们立刻认出对方。那是雅克。

"哎呀！"他叫出来，"你在这儿！我们开始以为你回美国去了。"

"我？"我笑着，"不，我还在巴黎。只是最近很忙。"然后，起了一个很糟糕的疑心，我问："你说'**我们**'是什么意思？"

"唉，"雅克说，脸上有不肯退去的笑容，"你的宝贝。似乎你把他一个人留在房间里，没有留下食物，或钱，甚至香烟。最后他终于说服门房让他把费用记在账上，打了一通电话给我。可怜的男孩听起来好像他就要把头塞进烤箱里。如果，"他笑着，"他**有**烤箱的话。"

"我丢了几件必需品到车子里，"雅克说，"飞驰过去接他。他以为我们应该叫人去河边打捞。但我向他保证我比他还要了解美国人，你不可能会自溺。你消失只是为了——好好思考。看来我是对的。你想了那么多,现在你应该去看看在你之前的人想了些什么。有一本书,"他最后说,"你倒是可以省略不必看,那就是萨德侯爵的书。"

"乔瓦尼现在在哪里?"我问。

"我终于想起来赫拉住的旅馆的名字。"雅克说,"乔瓦尼说你算是在等她,所以我给他一个很好的建议,打电话去那边找你。他刚出去办这件事。很快他就会回来。"

赫拉回来了,手里拿着她要的书。

"你们两个见过,"我尴尬地说,"赫拉,你应该记得雅克。"

她记得他,也记起她不喜欢他。她礼貌地笑着伸出她的手:"你好吗?"

"很高兴见到你,小姐。"雅克说。他知道她不喜欢他,这让他觉得很有趣。为了让她更讨厌他,也因为这一刻他非常恨我,他弯腰低到比她的手还低,而且立刻变得娘娘腔起来。我看着他,好像自己在几英里外看着灾难即将发生。他玩笑地转过来我这边。"大卫一直在躲我们,"他悄悄地说,"自从你回来以后。"

"哦?"赫拉说,往我身边靠近,拉着我的手,"他真是淘气。我绝对不会允许这种事——如果我知道我们在躲藏的话。"她咧嘴笑笑,"但是,他什么都没有告诉我。"

雅克看着她。"毫无疑问,"他说,"你们在一起有更有趣的话题,比讨论为什么他在躲老朋友有趣多了。"

我非常想在乔瓦尼回来之前离开这里。"我们还没吃晚餐,"我说,试着微笑,"也许我们晚点再见好吗?"我知道我的笑容是在求他放我一马。

但就在那时候门上的铃响了，意味着有一位顾客进来店里，雅克说："啊。乔瓦尼来了。"的确，我感觉他站在我身后，完全不动，盯着，我从赫拉的手感觉到，她整个身体像是缩了一下，虽然她尽力隐藏，但脸上还是能看出这个变化。当乔瓦尼开口时，他的声音浑厚，带着愤怒、解脱，还有没哭出来的眼泪。

"你到哪里去了？"他大叫，"我以为你死了！我以为你被车子撞了或是被丢到河里——这几天你到底在做什么？"

很奇怪，我竟然在微笑。我惊讶于自己的冷静。"乔瓦尼，"我说，"我要你见见我的未婚妻。赫拉小姐。乔瓦尼先生。"

爆发结束前他就看到了她，现在他扶着她的手，以一种惊人冷静的礼貌，用一双黑色沉稳的眼珠子看着她，好像他从来没有见过女人。

"我的荣幸，小姐。"他说。他很快地看看我再看看赫拉。有一段时间，我们四个人站在那儿好像为静态画面摆姿势。

"说真的，"雅克说，"既然我们都到了，我觉得我们应该一起喝一杯。不会太久的。"他对着赫拉说，不让她有机会礼貌地拒绝，拉着她的手臂，"又不是每天，"他说，"都会跟老友聚在一起。"他推着我们前进，赫拉跟他一起，乔瓦尼跟我带头，乔瓦尼推开门的时候铃响得很暴力。傍晚的空气像刀子一样冲击我们。我们离开河边走向大街。

"当我决定要搬家的时候，"乔瓦尼说，"我会告诉门房，这样一来他才知道要把我的信转到哪里。"

我瞬间愤怒地发作了,很不高兴。我注意到他刮了胡子,穿了一件干净的白衬衫,戴着领带——那当然是雅克的。"我不知道你在抱怨什么,"我说,"你看起来知道该往哪里去。"

但我看到他看我的眼神,我的愤怒不见了,我只想哭。"你不是好人,"他说,"你一点都不善良。"然后他没有再说什么,我们沉默地走向大街。在我们身后我听得到雅克低低的说话声。我们停在街角等他们赶上。

"亲爱的,"赫拉到我身边时说,"你想的话留下来跟他们喝一杯。我真的不行,我不太舒服。"她转向乔瓦尼。"请原谅我,"她说,"我刚从西班牙回来,下火车之后还没一刻好好地坐下来。下次吧,真的——我今晚一定要好好睡一下。"她微笑着伸出她的手,但他好像没看到。

"我陪赫拉走回家,"我说,"然后我再回来。如果你们告诉我你们会在哪里。"

乔瓦尼突然笑了,"咦,我们当然会在附近,"他说,"我们很好找的。"

"我很遗憾,"雅克对赫拉说,"你觉得不舒服。也许下次吧。"赫拉的手还在空中悬着,他低下身又吻了第二次。他直起身看着我。"你一定要带赫拉来我家吃晚餐,"他做了个鬼脸,"没必要把你的未婚妻藏起来。"

"完全没必要,"乔瓦尼说,"她非常迷人。我们——"对着赫拉咧嘴笑,"也会尽力保持迷人。"

"好吧,"我说,挽着赫拉的手臂,"我们晚点见。"

"等你回来的时候，"乔瓦尼说，带着报复意味却又濒临哭泣，"如果我不在这里，我会在家里，你记得在哪里吗？离动物园很近。"

"我记得，"我说，一边走开，好像正在退出舞台，"我们晚点见。待会儿见。"

"再见。"乔瓦尼说。

我们走开时我感觉到他们正盯着我们。有很长一段时间赫拉都没有说话——也许跟我一样，她也害怕开口。然后她说："我真的很受不了那个男人，他让我起鸡皮疙瘩。"过了一会儿她又说："我不知道原来我不在的时候你跟他经常见面。"

"我没有。"我说。为了让我的手有点事做，为了给我自己一点时间，我停下来点了一支烟。但她没有怀疑，她只是觉得很不安。

"乔瓦尼是谁？"我们又开始走路的时候她问。她笑了一下。"我刚发现我还没问你，我不在的时候你都住在哪里。你跟他住在一起吗？"

"我们一起住在一个用人房，在巴黎外围。"我说。

"那你真的是不太善良，"赫拉说，"离开那么久，一句提醒都没有。"

"喔，我的天啊，"我说，"他不过是我的室友。我怎么知道我不过离开几晚他就开始到河边打捞？"

"雅克说你没留给他一毛钱，没有香烟，什么都没有，你甚至没告诉他你要跟我在一起。"

"有很多事情我都没有告诉乔瓦尼,但他从来都没有这样大惊小怪——我猜他是喝醉了。我晚点再跟他谈谈。"

"你等一下要回去?"

"嗯,"我说,"如果我不去那里,我晚点再去他的房间,反正我本来就打算要这么做。"我笑笑。"我得先刮胡子。"

赫拉叹了口气。"我没有要让你朋友生你气的意思。"她说,"你应该回去跟他们喝一杯。你说你要去的。"

"嗯,我可能会去,也可能不会去。我又不是要跟他们结婚,你知道的。"

"嗯,虽然你要跟我结婚,那也不代表你应该打破对朋友的承诺。甚至也不代表,"她很快又说,"我必须喜欢你的朋友。"

"赫拉,"我说,"我很清楚地知道那一点。"

我们离开大路,走向她的旅馆。

"他很热情,是不是?"她说。我盯着黑色的参议院,就在我们这条黑暗、微微上坡的路底。

"谁?"

"乔瓦尼。他一定很喜欢你。"

"他是意大利人,"我说,"意大利人很戏剧化。"

"嗯,但这个人,"她笑着,"一定特别戏剧化,甚至在意大利也算是夸张的!你跟他住了多久?"

"几个月,"我把烟丢掉,"你不在的时候我的钱用完了——你知道的,我还在等我的钱——我搬去跟他住是为了省钱。那时候他有工作,常常都待在他的情妇那边。"

"喔?"她说,"他有个情妇?"

"他有个情妇,"我说,"他也有一份工作。现在两个都没了。"

"可怜的男孩,"她说,"难怪他看起来那么失落。"

"他会没事的。"我简短地说。我们已经到了她门前。她按下夜间门铃。

"他跟雅克很好吗?"她问。

"也许吧,"我说,"但还不够讨雅克的欢心。"

她笑了。"每次处在那么讨厌女人的人面前,像雅克,"她说,"我都觉得好像有冷风吹过。"

"嗯,那么,"我说,"我们离他远一点。我们不要让冷风吹到这女孩身上,"我吻了她的鼻尖。同时间旅馆里传来一阵混乱的声音,门猛烈地抖了一下打开了。赫拉幽默地看了看里头的黑暗。"我总是在犹豫,"她说,"我到底**敢不敢**进去,"然后她抬头看着我,"怎么样?你要不要先上来喝一杯再去找你的朋友?"

"当然好。"我说。我们蹑手蹑脚走进旅馆,轻轻把门关上。我的手指终于找到定时开关,微弱的黄色光线洒在我们身上,有人对我们喊了完全含糊的一声,赫拉大声喊她的名字,试着用法国口音来念。我们上楼的时候灯灭了,赫拉和我两个人笑得跟小孩子一样,我们完全找不到楼梯间的定时开关——我不知道为什么我们觉得这件事那么好笑,但我们一直笑个不停,扶着彼此走上赫拉在顶楼的房间。

"跟我讲讲乔瓦尼,"她问我,那时已经过了很久,我们躺在床上看着黑夜挑逗着她硬邦邦的白色窗帘,"他让我很感兴趣。"

"现在讲这个真的很没情调,"我告诉她,"你到底是什么意思,他让你很感兴趣?"

"我是说他到底是谁,他在想什么,他的脸为什么会那样。"

"他的脸怎么了?"

"没怎样,其实他非常美丽。但他的脸就是很奇怪——好传统的感觉。"

"睡觉吧,"我说,"你在胡言乱语。"

"你怎么认识他的?"

"喔。有一天在一家酒吧喝醉了,还有许多其他的人。"

"雅克也在吗?"

"我不记得。是的,我猜。我猜他是跟我同时认识乔瓦尼的。"

"你为什么会跟他一起住?"

"我告诉过你了,因为我没钱,他有一个房间——"

"那不可能是**唯一**的原因。"

"喔,好吧,"我说,"我喜欢他。"

"那你现在不喜欢了?"

"我很喜欢乔瓦尼。今天他看起来不太好,但他是个很好的人。"我笑了;夜覆盖着,赫拉的身体和我自己的身体让我壮了胆,我的语调则打着掩护,当我加上这句话时我感到极大的解脱:"我爱他,某种程度上。这是真的。"

"他好像觉得你的表现方式很奇怪。"

"哎,"我说,"这些人的作风跟我们不一样。他们把感情表现在外面。我没办法。我就是——没办法做到那样。"

"是的,"她说,寻思着,"我注意到了。"

"你注意到什么?"

"这里的小孩——他们觉得对彼此表露感情没什么。一开始让人有点震惊。然后你开始觉得这样也不错。"

"**是蛮不错的**。"我说。

"那么,"赫拉说,"我觉得我们应该找一天带乔瓦尼去吃晚餐。毕竟,他算是救了你。"

"这个主意不错,"我说,"我不知道他现在做些什么,但他总会有晚上空闲的时候。"

"他常常跟雅克在一起吗?"

"不,我不觉得,我觉得他只是今天晚上碰到雅克。"我暂停了一下,"我开始意识到,"我小心地说,"像乔瓦尼这样的小孩处境很困难。这里,你知道的,可不是充满机会之地——这里没有足够的东西供给他们。乔瓦尼很穷,我是指他的父母也没有钱,他也没办法做什么。而做他**会做**的事竞争又太激烈了。因为钱不够,他们无法计划一个未来。所以有很多人在街头游荡,变成舞男或流氓,天知道还有什么别的。"

"这里真冷酷,"她说,"这个老世界。"

"嗯,新的世界也很冷酷,"我说,"总之,老世界是冷酷的。"

她笑了,"但我们——我们有爱来帮彼此取暖。"

"我们不是第一对躺在床上想到这个的人。"无论如何,我们静静地躺在彼此的臂弯有好一会儿。"赫拉。"我最后说了。

"什么事?"

"赫拉,等钱到了以后,我们离开巴黎。"

"离开巴黎?你想去哪里?"

"我不在乎,只要离开就好,我已经受够巴黎了。我想要离开一阵子。我们下南部去。那边也许有比较多的阳光。"

"那我们应该在南部结婚吗?"

"赫拉,"我说,"你要相信我,我现在不能做或是计划任何事,我甚至不能想清楚任何事情,除非我们离开这个城市。我不想在这里结婚,在这里我甚至不愿想结婚的事。我们先离开吧。"

"我不知道你是这样想的。"她说。

"我已经住在乔瓦尼的房间有好几个月了,"我说,"我再也受不了了。我一定要离开这里。拜托。"

她紧张地笑了一下,身体挪过去一点点,"可是,我不知道为什么离开乔瓦尼的房间就要离开巴黎。"

我叹了口气:"拜托你,赫拉。我现在不想做长篇大论的解释。也许只不过是如果我继续待在巴黎,我会一直碰到乔瓦尼然后……"我停下来。

"为什么你会觉得困扰?"

"唔,我没办法帮助他,我受不了他看着我——好像——我是美国人,赫拉,他觉得我很有钱。"我坐起来,暂停不讲,看着外面,她看着我。

"他是个很好的人,像我刚才说的,但他很坚持——而且他对我有某种想法,他觉得我是上帝。那个房间那么狭窄又那么脏,而且冬天很快就到了,这里会变得很冷……"我又转过来把她抱在我怀里。"听着,我们就离开吧。我以后再解释更多给你听——以后——当我们离开以后。"

我们沉默良久。

"你想要马上离开吗?"她说。

"是的。只要钱一到,我们就租一栋房子。"

"你确定,"她说,"你不想就回美国去吗?"

我呻吟了一声:"不,还不要。我不想那样。"

她吻了我。"我不在乎我们去哪里,"她说,"只要我们在一起就好了。"然后她把我推开。"天快要亮了,"她说,"我们最好睡一下。"

我隔天晚上很晚才到乔瓦尼的房间。之前我和赫拉在河边散步,后来我又在几家小酒馆喝了太多酒。我进房间的时候灯忽然亮起来,乔瓦尼坐在床上,用恐惧的声音大喊:"谁在那边?谁在那边?"

我停在门口,在灯光下挥手,我说:"是我,乔瓦尼。闭嘴。"

乔瓦尼看着我转头,面对着墙,哭了起来。

我心想,老天爷!然后小心地关上门。我把香烟从外套口袋里拿出来,把外套挂在椅子上。手里拿着香烟,我走到乔瓦尼身边。我说:"宝贝,别哭。请你别再哭了。"

乔瓦尼转过来看着我。他的眼睛又红又肿,但他脸上有一抹奇特的笑容,由残酷、羞耻和喜悦构成。他伸出手臂,我抱住他,把他的头发从眼睛前拨开。

"你闻起来有酒味。"然后乔瓦尼说。

"我没有喝酒。是这样你才害怕吗？所以你才哭吗？"

"不是。"

"那到底是怎么回事？"

"你为什么要离开我？"

我不知道该说什么，乔瓦尼又转过去面对墙。我本来希望、我本来以为我不会有什么感觉，但我感觉心里远处有一个角落被拉紧，仿佛有一根手指正摸着那里。

"我从来没有走进你的心里。"乔瓦尼说，"你从来没有真正在这里。我不觉得你在骗我，但我知道你从来没有对我说过实话——为什么？有时候你整天都在这里，你看书或是开窗户或做饭——我看着你——你一句话都不说——你用那样的眼神看着我——好像你根本没有看见我。从早到晚都是这样，而我却在为你修理这个房间。"

我什么都没说。我越过乔瓦尼头顶看着方窗，窗外是微弱的月光。

"你到底都在做什么？还有为什么你一句话都不说？你真是邪恶，你知道，有时候当你对我笑的时候我恨你入骨。我想要打你。我想让你流血。你对我笑的样子就像你对所有人笑，你跟我说的话你也对所有人说——你说的都是谎话。你到底在隐藏什么？你以为我不知道当你跟我做爱的时候，你根本不是跟任何人在做爱。**一个人也没有！**又或许是在跟每一个人做爱——但绝对不是**我**。我对你而言什么都不是，你只带给我狂热，但没有喜悦。"

我动了一下，想找香烟。烟就在我手里。我点了一支。再过一会，我心想，我会说些什么。我会说点什么然后永远地离开这个房间。

"你知道我没办法一个人过。我告诉过你了。到底是怎么了？我们不能共度一生吗？"

他又开始哭。我看看热泪从他的眼眶滚出来流到肮脏的枕头上。

"如果你不能爱我，我会死。你出现以前我就想死，我告诉过你很多次。你很残酷，给我重生的希望却又让我死得更加血淋淋。"

我想要说的事情有好多。但，当我张开嘴时，我无法发出声音。而且——我不知道我对乔瓦尼是什么感觉。我对他没有感觉。我感到恐惧和怜悯，还有油然而生的欲望。

他从我的唇接去我的香烟吸了一口，在床上坐起来，头发又挡住眼睛。

"我从来没有认识过像你这样的人，你出现之前我不是这样的人。听着。我在意大利有个女人，她对我非常好。她爱我，非常爱我，她照顾我，当我从葡萄园干完活回来她总是在那里，我们之间从来没有任何问题，从来没有。那个时候我还很年轻，还不了解我后来习得的一些可怕的事情，或是从你身上学到的事情。我以为所有的女人都像她那样。我以为所有的男人都跟我一样——我以为自己跟其他的男人都一样。那时我没有不快乐也不感到寂寞——因为她都在——而且也不想寻死，我想在我的村庄里待一辈子，在葡萄园里工作喝酒，跟我的女孩做爱。我跟你提过我的村庄吗？它非常古老，在南方，一座小山坡上。晚上的时候，我们沿着围墙走，世界好像就掉在我们面前，一整个的、远远的、肮脏的世界。我永远也不想看它。有一次我们就在墙脚做爱。

"是的，我想要永远留在那里，吃很多意大利面喝很多酒，生小孩，发胖。如果我留下来的话你不会喜欢我的。我现在就可以看到你，很多年以后，开着难看的庞大美国车经过我的村庄，到时你肯定会有一辆，然后你看着我们所有人，尝我们的酒，对我们投下美国人特有的空洞的笑容，轰轰地开车离开回去告诉所有你遇见的美国人，说他们一定要来拜访我们的村庄，因为它是那么的如诗如画。你对那里的生活是什么样子完全没有概念，一切鲜艳欲滴，美丽又可怕，就好像你对我现在的生活一样没有概念。但我想我若是在那里会比较快乐，而且不会在乎你空洞的微笑。我可以有像样的生活。很多个夜晚我躺在这里，等着你回来，想着我的村庄是多么遥远，住在这个寒冷的城市是多么悲惨，处在我不喜欢的人身边，这里又湿又冷，从来都不像那里一样，热而干燥，在这里乔瓦尼没有说话的对象，身边没有人，他找到一个爱人，既不是男人也不是女人，不了解他也碰不到他。你不知道是吧？晚上清醒躺在床上等待某人回家的感觉。我敢肯定你不知道。你什么都不知道。那些可怕的事情你都不知道——所以你才能微笑，才能那样跳舞，你以为你跟那个短头发圆脸的小女孩在演的戏就是爱。"

他的香烟掉到地上，烟蒂躺在那里缓缓燃烧。他又开始哭。我看着窗外，心想：我再也无法忍受了。

"我在一个狂乱而甜蜜的日子离开我的村庄。我永远不会忘记那一天。那天是我的死期——我但愿那的确就是我自己的死期。我记得那天的太阳很毒辣地晒在我的脖子上。当我走在那条路上，远离我的村庄，那条路斜斜向上，于是我的身体向前倾，一切我都记得，脚下褐色的尘土，路旁的矮树平房，以及它们在阳光下的颜色。我记得我在哭泣，但跟现在不同，比现在更糟糕，更可怕——自从我跟你在一起以后，我甚至无法像以前那样哭了。我活了那么久第一次想死。我才在我父亲和我父亲的父亲长眠的墓园埋葬了我的孩子，我抛下我的女孩在我母亲家哭叫。是的，我曾经有过一个孩子，但是他一出生就死了。他全身灰色扭曲，当我看到他的时候他没有发出任何声音——我们打他的屁股，用圣水洒在他身上，我们祷告，但他完全不发出声音，他死了，那是一个小男孩，他本来会是一个美好强壮的年轻人，也许还会是你或雅克或是纪尧姆、你们那群恶心的男同性恋日夜寻找、梦想的那种人——但他死了，那是我的孩子，我们生的，我和我的女孩，但他死了。当我知道他死了的时候，我把墙上的十字架拿下来，我在上面吐口水然后丢在地上，在我母亲和我的女孩的尖叫声中我走出家门，我们立刻埋葬了他，隔天，我离开我的村庄来到这个城市，上帝果真因为我的罪行而惩罚我，因为我吐口水在圣子身上，无疑我将会死在这里，我真的相信我再也不会见到我的村庄了。"

我站了起来,头晕目眩。嘴里咸咸的。房间好像在摇晃,仿佛我第一次进来这里,那是好几辈子前的事了。我听到乔瓦尼在我背后低声呻吟。"亲爱的,我最珍爱的。不要离开我。请不要离开我。"我转过来把他抱在我怀里,看着他头部后面的墙,那男人和女人一起走在玫瑰丛中。他在啜泣,就好像,他的心快要碎了。但是我却觉得碎掉的是我的心。我心里有什么东西碎掉了,所以我才这么冷静,无动于衷又遥不可及。

我还是得说话。

"乔瓦尼,"我说,"乔瓦尼。"

他开始平静下来,准备聆听;我感到百般不愿,但并不是第一次,感觉到一种走投无路者的狡猾。

"乔瓦尼,"我说,"你早就知道有一天我一定会离开你。你知道我的未婚妻要回巴黎。"

"你不是为了她才离开我,"他说,"你是为了别的理由才离开我。你撒了这么多谎,连自己都骗过去了。但我,**我**有感觉的能力。你不是为了女人而离开我。如果你真心爱着这个小女孩,你就不必对我如此残酷。"

"她不是小女孩,"我说,"她是个女人,不管你怎么想,我**真的**爱她……"

"你才没有,"乔瓦尼大喊,坐了起来,"爱任何人!你从来没有爱过人,我敢确定你以后也不会!你爱自己的纯洁,你爱你的镜子——你就像个年轻的处女,走路的时候把手放在面前,好似你两腿之间有什么珍贵的金属,金子,银子,宝石,甚至钻石!

你永远不会给任何人，永远也不会让别人碰——**不管**是男人还是女人。你想落得**干净**。你觉得你满身肥皂味地进来，还想满身肥皂味地出去——这段时间你不想**变臭**，甚至五分钟都不愿意。"他抓住我的领子，边扭边爱抚，既刚且柔；嘴唇旁有喷出的唾液，眼里都是眼泪，但脸上的骨架明显，手臂和肩膀可以看出肌肉的线条。"你想离开乔瓦尼因为他害你变臭。你看不起乔瓦尼因为他不怕爱的臭味。你想要**杀**了他，为了你那些骗人的小道德。而你——你是**最不道德的**。你是我这一生认识的人里最不道德的一个。你看，**看**你对我干的好事。你觉得如果我不爱你的话你能办得到吗？这就是你对爱的回应？"

"乔瓦尼，别说了！我的天，**住口**！你到底要我怎么样？我**没办法不**这么感觉。"

"你**知道**你的感觉吗？你**真的有**感觉吗？你感觉到**什么**？"

"我现在什么都感觉不到，"我说，"什么都没有。我想离开这个房间，我想离开你，我想结束这个糟糕的局面。"

"你想离开我。"他笑了；他看着我；他的眼神里有看不到底的苦涩，看起来几乎是仁慈的。"终于你开始诚实了。那你知道**为什么你要离开我吗**？"

我内心有某些东西被锁住了。"我——我和你没有未来。"我说。

"但你跟赫拉有未来。那个圆脸的小女孩认为小孩子是从甘蓝菜里蹦出来的——或是电冰箱，我不清楚你们国家的神话是什么。你可以跟她有一个未来。"

"是的，"我说，筋疲力尽，"我可以跟她有一个未来。"我站起来。我在颤抖。"我们住在这个房间会有什么未来？——这个污秽的小房间，两个男人在一起又能有什么样的未来？你口中念念不停的爱——难道不就是你希望自己可以感到强壮？你想当在外面劳动的人赚钱回家，你要我待在这里洗碗煮饭，清理这个悲惨的、跟壁橱一样的房间，在你进门的时候吻你、晚上躺在你身边，当你的小**女孩**。你要的就是这些，你说你爱我的时候你的**全部**意思就是这些。你说我想杀了**你**。那你以为你对我做了什么？"

"我没有要把你变成小女孩。如果我想要一个小女孩，我就会跟一个小女孩在**一起**。"

"你为什么没有？难道不是因为你害怕吗？你留**我**在身边因为自己没胆去追求女人？那才是你**真正**想要的。"

他脸色惨白："你一直在说我要的是**什么**。但我只是在说我要的是**谁**。"

"但我是个男人，"我叫出来，"男人！你以为我们**能**怎样？"

"你知道得很清楚，"乔瓦尼慢慢地说，"我们会发生什么事。也就是这个原因你才要离开我，"他站起来走去开窗。"好。"他说。他在窗台上打了一拳。"如果我能做什么让你留下来的话，我会做的。"他转回来面对着房间；风吹着他的头发。他对我晃晃他的手指，有怪诞的玩笑意味。"有一天，也许，你会宁愿我当初这么做。"

"好冷，"我说，"把窗户关上。"

他微笑着。"既然你要离开了——你想要把窗户关起来。当然了。"他把窗户关上，我们就在房间中央看着对方。"我们不要再吵架了。"他说，"吵架也不能让你留下来。法语里有所谓的'une séparation de corps'——不是离婚，你知道，只是分居。好吧。我们分居吧。但我知道你应该跟我在一起的。我相信，我一定要相信——有一天你会回来。"

"乔瓦尼，"我说，"我不会回来的。你知道我不会回来了。"

他挥挥手。"我说我们不要再吵架了。美国人没有毁灭意识，完全没有。把毁灭放在他们面前他们也看不出来。"他从水槽下拿出一瓶酒。"雅克留了一瓶白兰地在这里。我们喝一杯吧——一路顺风，我相信你们是这样说的。"

我看着他。他小心翼翼地倒了两杯。我看到他在发抖——因为愤怒，因为痛苦，或是两者皆有。

他把我的杯子递给我。

"干杯。"他说。

"干杯。"

我们喝酒。我无法不问："乔瓦尼，以后你要怎么办？"

"哦，"他说，"我有朋友。我会找事情做。比如说今晚，我要和雅克一起吃晚餐。无疑明天晚上我也会跟雅克吃晚餐。他变得很喜欢我。他觉得你是个怪物。"

"乔瓦尼，"我绝望地说，"小心一点。请千万小心一点。"

他投给我一个讽刺的微笑。"谢谢你，"他说，"我们见面的那天晚上你就应该警告我。"

那是我们最后一次真正的谈话。我跟他一直待到早上，然后我收拾了几样东西装在袋子里,拿到赫拉的地方。

我不会忘记他最后一次看我的样子。早晨的阳光填满整个房间,让我想起很多个早晨,还有我第一次来的那个早晨,乔瓦尼坐在床边,全身赤裸,手里拿着一杯白兰地。他的身体惨白,他的脸是湿而灰的。我拿着手提箱站在门边。当我把手放在门把上,我看着他。然后我想求他原谅我。但这会变成严重的告解;那个时刻我若是做出任何让步,我将永远和他一起被锁在那个房间。某种层面上这完全就是我要的。我感到一阵战栗穿过我的全身,好像地震的开始,有一瞬间,我觉得我融化在他的眼睛里。我已经那么熟悉的他的身体,在阳光里发光,把我们之间的空气通了电,变得厚重。我的脑子里忽然有什么东西打开了,一个秘密,一扇门无声无息地开启,我为之惊骇:直到那一刻我才明白,要离开他身体的时候,我肯定而且将永远记得他的身体对我的控制。现在,我似乎被标上标签,他的身体烙印在我的脑海、我的梦里。那么长的时间他的眼神没有离开过我。他好像觉得我的脸比橱窗还要透明。他没有笑,他也不是悲恸,或是忿恨,或是难过;他很平静。他在等待,我想,等我穿过那个空间再次把他拥在我怀里——等待着,好像坐在垂死病人的床畔,你不敢不期望永不会发生的奇迹。我一定要离开了,我的表情泄露太多,发生在我身体里的战争快要让我倒下。我的腿拒绝再把我送到他身边。我生命的风把我吹走。

"再见。乔瓦尼。"

"再见,亲爱的。"

我转过去，打开门锁。他疲累的吐气仿佛吹动我的头发，扫过我的眉毛，就像是疯狂本身。我走下那条短短的走廊，随时期待他的声音在我背后响起，穿过前厅，穿过还在睡觉的门房的柜台，传到早晨的街道上。我每走一步，回头的可能性就更小。我的脑子空空——或说我的脑子变成一个巨大的上了麻药的伤口。我只是在想，**有一天我会为此哭泣的。有一天我会开始哭的。**

在街角一片微弱的阳光下，我打开皮夹找公交车票。皮夹里有三百法郎，从赫拉那里拿的，我的身份证、我在美国的地址，还有纸条、名片、照片。每一张纸条上都有地址、电话、赴过——或是未到——的约会备忘录、见过也记住的人，或者没有记住，还有未完成的愿望：绝对是没有完成的，否则当时我就不可能站在那个街角。

我在皮夹里找到四张公交车票，我走到车站。一个警察站在那里，他的蓝色兜帽垂在后面，他白色的警棍闪闪发亮。他看着我微笑，喊道："还好吗？"

"很好，谢谢。你呢？"

"一直都很好。今天天气不错，不是吗？"

"是的，"但我的声音颤抖，"秋天快来了。"

"是那样没错。"然后他转过去，继续打量着街道。我用手顺了顺头发，觉得刚才发抖真是蠢。我看着一个女人过街，她从市场过来，提袋满满的；最上面摇摇晃晃地放着一瓶红酒。她不年轻，但脸色白净，神情有自信，她的身体粗壮，手臂有力。警察对她吼了几句，她也吼回去——某些粗俗但不怀恶意的字眼。警察笑了；但没有再看我。我看着那个女人沿街继续走下去——大概是回家去吧，我想，回到她丈夫身边，穿上肮脏的蓝色工作服，回到她的孩子身边。她走过阳光照耀的那个角落然后过街。公交车来了，那个警察和我，唯二在等公交车的人上了车——他离我很远地站着。警察也不年轻，但他有一种热情的态度，让我很钦羡。我看着窗外，街道飞逝。很久很久以前，在另一个城市，另一辆公交车上，我也坐在窗户旁边，看着外面，为每一个让我短暂注意到的脸想象他们的生命和使命，我也在其中扮演了一分子。我在找一个耳语，或是一个承诺，一个可能的救赎。在那个早晨，对我而言从前的我好像做的是最危险的梦。

那天以后的日子过得飞快。天气好像一夜之间变冷，成千上万的游客都不见了，被时刻表带走。走在公园里，树叶掉在头上，在脚下叹息粉碎。城市里的石头路原本发亮而有变化，现在逐渐却坚决地黯淡，又变成灰色的石头。很明显，石头非常坚硬。出现在河上的渔夫一天比一天少，直到有一天河面都清了。年轻男孩和女孩的身体穿戴上厚内衣、毛衣、围巾、手套、帽子和斗篷，老男人看起来更老，老妇人走得更慢。河的颜色也褪掉，雨开始下了，河面开始上涨。很明显太阳很快就会放弃每天辛辛苦苦地来到巴黎几个小时。

"南部会比较温暖。"我说。

我的钱寄来了。赫拉和我每天都很忙，试着在艾兹、卡涅斯-苏尔-梅尔、旺斯、蒙特卡洛、昂蒂布、格拉斯找一栋房子。我们很少外出了。我们待在她的房间，我们常常做爱、看电影，在河右岸一些陌生的餐厅，经常忧郁地吃着长长的晚餐。很难说这忧郁到底是哪里来的，有时它就笼罩在我们身上，像是一只大型掠食性的鸟的阴影。我不觉得赫拉不快乐，因为我前所未有地攀附着她。但也许她感觉到，有一些时候，我的攀附似乎太急于博取信任，当然也就不会长久。

而另外有些时候，我在附近碰到乔瓦尼，我害怕遇见他，不只因为他几乎总跟雅克在一起，也因为他看起来很不好，虽然他的衣着比从前好多了。我不能忍受他眼里开始产生的又凄苦又恶毒的眼神，或是他对雅克的笑话咯咯笑的模样，他的神态，像个男同性恋，有的时候他会表现出来。我不想知道他跟雅克是什么关系；但有一天我还是在雅克轻蔑而胜利的眼神里看出来。而在这些短暂的时刻，天色刚刚暗下来的大街上，人群快速在我们身边穿过，乔瓦尼总是不可思议地轻浮而女孩子气，而且烂醉——好像他逼迫我跟他一起尝尝羞辱的滋味，我恨他这么做。

我再次见到他的时候是早上。他在买报纸。他傲慢地看了我一眼，转过头去。我看着他消失在街上。回家以后我告诉赫拉，试着一笑置之。

然后他的身边不见了雅克，而是那些街头男孩，他曾经对我描述说他们很"可悲"。他开始穿得不好，看起来像他们一样。他的特殊朋友似乎还是那个人，高高的，脸上有麻子，叫做伊夫，我记得我见过他，他在玩弹珠，后来跟雅克讲话，就是在巴黎大堂区的第一个早晨。有一天晚上，我也很醉，自己一个人在附近走动，我碰到这个男孩，请他喝了一杯。我没有提到乔瓦尼，但他主动告诉我乔瓦尼已经没有和雅克在一起了。似乎他又可以回纪尧姆的酒吧工作。不到一个星期，纪尧姆被发现死在酒吧楼上的贵宾室，被人用他身上睡袍的腰带勒死。

5

那是一桩相当精彩的丑闻,如果当时身在巴黎,你一定有所耳闻,你会看到报纸上刊登的照片,乔瓦尼被捕的照片。一时间社论和演讲涌现,很多跟纪尧姆的酒吧同性质的店都关门了(但并没有关闭太久)。到处都是便衣警察,盘查大家的身份证明,酒吧里不再有同性恋。到处都不见乔瓦尼的踪影。所有的证据,当然尤其是他的失踪,都指向他为杀人犯。这类丑闻,在热度降低之前,总是动摇着国家的根基。立刻找出解释和解决方案,立刻找出一个牺牲品是最重要的事。大部分因为本案被捕的人都不是因为有谋杀嫌疑。他们是因为,像法国人说的——我把他们的含蓄看做是讽刺——有"特殊偏好"。这些"偏好",在法国虽不构成犯罪,但还是受到大部分民众的非难,而大众对于统治者和"上流社会"本就不带什么好感。当纪尧姆的尸体被发现,害怕的不是街头的男孩,他们实际上比那些花钱买他们的人安心许多,那些人的事业、地位、抱负,绝不可能在经过这种丑闻之后还能继续下去。父亲们、大家族的儿子们、贝尔维尔那些充满欲望的投机分子急着希望早日结案,这样事情才能回归正常,公共道德的鞭子才不会打到他们的背上。这件事结束之前他们不能决定投靠哪个阵营,不知应该大声疾呼自己是受害者,还是维持跟原来一样;他们只是单纯的小市民,希望正义快点伸张,国家快点回到健康的状态。

很幸运地,乔瓦尼是外国人。仿佛出于一种很了不得而又无言的共识,只要他没被抓到一天,报纸上对乔瓦尼的谩骂就会加剧,而对纪尧姆则会更为宽容,大家记得跟纪尧姆一起入土的还有法国历史最悠久的家族之一。星期天的副刊介绍他的家族历史;他的老贵族母亲,在谋杀审判过程中去世,声明她的儿子如何优秀,遗憾法国已然如此腐败,这样的谋杀案竟然悬在那里那么久而没有将凶手逮捕归案。一般平民当然乐于同意。也许不如我感觉的那么不可置信,但纪尧姆的名字美妙地跟法国历史连在一起,法国的荣誉,法国的光荣,的确也还有,法国的男人气概。

"但是听着,"我跟赫拉说,"他只是一个恶心的老同性恋。他**只不过如此**!"

"哎,那你怎么能期望看报的人会知道?要是他是那样的人,他当然不会那样宣传自己——而且他一定有自己的小圈子。"

"哼——一定**有人**知道,写这些废话的人里面一定有人知道。"

"好像没什么意义,"她静静地说,"去毁谤一个死者。"

"但是说实话没有意义吗?"

"他们说的就是实话。他出身望族,现在被谋杀。我知道**你**的意思。还有一些事实他们**不会**说出来,报纸永远不会,那不是他们所要的。"

我叹口气:"好可怜的乔瓦尼。"

"你觉得是他做的吗?"

"我不知道。**看起来**是很像。那天晚上他在那里。有人看到酒吧关门以前他走上去,不记得有没有看到他走下来。"

"那天晚上他去上班了吗?"

"没有。他只是去喝酒。他跟纪尧姆好像成了朋友。"

"我不在的时候你还真是交了一些很奇特的朋友。"

"如果不是有人被谋杀,他们不会显得那么奇特。总而言之,他们都不是我的朋友——除了乔瓦尼以外。"

"你跟他一起住过。你看不出来他有没有可能犯下谋杀案吗?"

"怎么看?你跟我住在一起。我可能干下谋杀案吗?"

"你吗?当然不可能。"

"你怎么**知道**?你才不知道,你怎么知道我就是你看到的样子?"

"因为,"她靠过来亲我一下,"我爱你。"

"啊!我也爱乔瓦尼——"

"不像我爱你一样。"赫拉说。

"我可能已经干过谋杀了。你怎么会知道?"

"你为什么这么生气?"

"如果**你**的朋友被控谋杀,躲了起来,你难道不会生气?你是什么意思,说我为什么生气?你要我怎么样,唱圣诞颂歌吗?"

"不要大叫。我只是不知道他对你那么重要。"

"他是个好人,"我最后说,"我不忍见到他有麻烦。"

她走过来轻轻把手放在我的手臂上。"我们很快就离开了,大卫,到时你就不必再想了。人都会碰到麻烦的,大卫。但不要表现得好像,某种程度上,是你的错。这不是你的错。"

"**我**知道这不是我的错！"我的音量和赫拉的眼神，使我大惊而陷于沉默。我很害怕，觉得自己就要哭了。

乔瓦尼逃亡了几乎有一个礼拜之久。每天晚上，从赫拉的窗子，我看着夜悄悄降临巴黎，我想到乔瓦尼在某处，也许躲在某一座桥下，担惊受冻，不知道该何去何从。我不知道他是否找到可以藏匿的朋友家——在这个小而且充满警察的城市，很惊人地，他竟然躲得这么好。有的时候，我害怕他会来找我——来求我帮助他，或是杀了我。然后我觉得他可能认为找我帮忙是低下的行为；无疑他认为我不值得杀。我向赫拉求助。每天晚上，我试着把我的罪恶感和恐惧埋在她里面。我像发烧一样需要采取行动，唯一可能的行动就是爱的行动。

他终于被捕了，在一个大清早，在一艘停泊在河边的船上。报纸早已推测他人在阿根廷，因此他甚至没有越过塞纳河震惊了所有人。他没有潜逃并未增加大众的好感。他是个罪犯，乔瓦尼，最愚蠢、最笨拙的一个；比如说，谋财被固执地认为是乔瓦尼杀人的动机；然而，虽然乔瓦尼拿走了纪尧姆口袋里所有的钱，他却没有碰收银机，甚至也没有想到，纪尧姆藏了超过一千法郎在柜子底层，他从纪尧姆身上拿走的钱被捕的时候还在他的口袋里，他还没有机会用到。他已经两三天没有吃东西，苍白而虚弱，外表非常不吸引人。他的照片刊登在巴黎所有的报纸上。他看起来年轻、困惑、饱受惊吓、颓废；好像他不敢相信，他，乔瓦尼，竟会走到这一步；走到这一步而且没有下一步可走，他短短的生命将在一把普通的刀子下结束。他好像已经开始退缩，他的每一寸肌肉在冰冷的目光下表现出厌恶的感觉。而且，跟以前一样，他看着我，寻求我的帮助。报纸告诉这个不饶人的世界乔瓦尼是如何悔恨、求饶、呼唤上帝的名字，哭着说他不是故意的。还巨细靡遗地告诉我们他作案的**经过**；但不告诉我们为什么。报纸不能印出那么黑暗的东西，乔瓦尼无法说出那么深刻的东西。

我可能是巴黎唯一知道他不是刻意犯案的人，从报道可以读出他**为什么**会做这样的事。我再度想起那天晚上在家里他告诉我纪尧姆将他开除。我再度听到他的声音，看到他激烈的反应、他的眼泪。我了解他的逞能，他喜欢把自己想得八面玲珑，可以面对各种挑战，我可以看到他昂首阔步走进纪尧姆的酒吧。对雅克投降之后，他一定觉得他的见习期已经过了，爱已经不在了，他可以跟纪尧姆做任何事情。他的确可以跟纪尧姆做任何事——但他不能停止当乔瓦尼。纪尧姆当然知道。雅克早就已经通报他，乔瓦尼现在不再和年轻天真的美国人在一起；甚至也许纪尧姆去了一两个雅克的派对，身边有他自己的随护人员；他当然会知道，他圈子里的人都知道，乔瓦尼刚得到的自由，他目前无爱的状态，变成一个执照、一场暴动——这曾经发生在所有人的身上。乔瓦尼阔步走进酒吧的那个晚上一定很精彩。

我可以听到他们的对话：

"所以，你回来了？"这是纪尧姆，嘲讽又想引诱人的神情。乔瓦尼认为他不需要忆起上次不愉快的灾难，他只想保持友善。就在同时，纪尧姆的脸、声音、仪态，还有味道冲到他面前；他真的面对着纪尧姆，而不是想象；他回给纪尧姆的微笑快要让自己作呕。但纪尧姆当然看不出来，他请乔瓦尼喝一杯酒。

"我想你可能需要一个酒保。"乔瓦尼说。

"但你在找工作吗？我以为你那个美国人已经在得州帮你买了一个油井。"

"不，我的美国人——"他做了一个手势，"已经飞了！"他们俩都在笑。

"美国人总是在飞。他们不是认真的。"纪尧姆说。

"这倒是真的。"乔瓦尼说。他喝完他的酒，不看纪尧姆，局促不安地看着别处，或者几乎是无意识地吹着口哨。纪尧姆现在几乎无法把眼神移开，或是控制他的手。

"晚一点的时候来，打烊的时候，我们再来谈这个工作。"他最后说。

乔瓦尼点点头离开。我可以想象他跟几个街头密友碰头，一起喝酒、嬉笑，随着时间过去培养勇气。他渴望有人可以叫他不要回纪尧姆那里，不要让纪尧姆碰他。但他的朋友告诉他纪尧姆是多么有钱，是个愚蠢的老皇后，如果乔瓦尼放聪明的话可以从纪尧姆身上揩许多油。

街上没有人出现跟他说话，来拯救他。他觉得自己快要死了。

该去纪尧姆酒吧的时间到了。他一个人走去。他在外面站了一会儿，他想掉头跑开。但他没有地方去。他望着那条长而黑暗、弯曲的街道，好像他在找什么人。但是那里没有人。他进了酒吧。纪尧姆立刻看到他，慎重地示意他上楼。他爬上楼梯。他的双腿发软。他身在纪尧姆的房间，四周是丝绸、化妆品、香水，他发现自己盯着纪尧姆的床。

当纪尧姆进来的时候乔瓦尼试着微笑。他们喝了一杯。纪尧姆很急躁，肌肉松垮，冒着汗，他的每一次碰触都让乔瓦尼退缩得更远。纪尧姆离开去换衣服，穿着他戏剧化的睡袍回来。他叫乔瓦尼脱衣服……

也许就在这一瞬间乔瓦尼明白他做不到，他的意志力办不到。他想起那份工作。他试着谈话，试着实际一点，试着讲理，但当然，已经太迟了，纪尧姆好像海洋一样把他包在里面。我想象乔瓦尼被折磨到几近疯狂，感觉自己被淹没、被征服，纪尧姆得逞了。我想如果事情不是这样发生的话，乔瓦尼不至于会杀了纪尧姆。

纪尧姆享受过以后，乔瓦尼还在挣扎，他又变成一个生意人，走来走去，编出很好的理由解释为何乔瓦尼不能在他那里工作。不管纪尧姆说什么，他们两个都知道真正的理由是什么，也许彼此理解的方式不同罢了：乔瓦尼就像一个陨落的明星，再也没有号召力了。所有关于他的事情都被摊开在阳光下，他再也没有秘密。乔瓦尼当然发现了，他体内几个月来累积的愤怒开始膨胀，再加上纪尧姆的手和嘴在他身上留下的记忆。他无声地瞪着纪尧姆然后开始大吼。纪尧姆回答他。随着他们交换的每一个字句，乔瓦尼的头嗡嗡作响，他的眼前闪过一阵阵的黑暗。纪尧姆此时正在天堂顶端，他在房里得意地走来走去——他从来没有占过这么大的便宜。他充分地享受这一刻，享受乔瓦尼的脸涨成红色，他说话的声音越来越大，极度愉快地看着，乔瓦尼脖子的肌肉硬得像骨头一样。然后他说了些什么；他以为情势已经逆转。他说了些什么，一个短语，一句侮辱，带着过多的嘲讽；一瞬之间，在他自己惊恐的沉默里、在乔瓦尼的眼里，他发现自己释放了不能回头的东西。

乔瓦尼当然不是有意的。但他抓住纪尧姆、攻击纪尧姆。随着接触的每一拳，他心里不能忍受的重量得到释放：现在是乔瓦尼快乐的时候，房间里天旋地转，布料被撕烂，香水的气味浓厚。纪尧姆挣扎着要离开房间，但是乔瓦尼跟在他的后面：现在轮到纪尧姆投降了。也许纪尧姆到了门口的时候他以为自己脱身了，也许乔瓦尼扑向他的时候手里抓到睡袍的腰带，把它拿来缠绕住纪尧姆的脖子。他只是不放，啜泣着，他感到越来越轻松，纪尧姆越来越沉重，他把腰带拉紧，同时咒骂。然后纪尧姆倒下。乔瓦尼也倒下了——回到房间里、街上、世界中，回到死亡的存在和阴影之中。

我们找到这栋大房子的时候，我才明白我根本不应该来。找到的时候我连看都不想看。但这个时候，根本也没有别的事情可做。我没有意愿做任何事情，我想，这是真的，我想留在巴黎，离审判近一点，也许去监牢里探望他。但我知道没有理由这样做。雅克跟乔瓦尼的律师密切联系，与我也经常联络，他曾经去看过乔瓦尼一次。他告诉我我早已知道的事，就是不管是我，还是任何人，都已经无法再为乔瓦尼做什么了。

也许他想死。他承认有罪，动机是抢劫。报上大幅刊登纪尧姆开除他的情景。报纸给人的印象是纪尧姆是个好心、也许有些怪癖的慈善家，因为错误判断而与一个铁石心肠、不知感激的投机分子友好，那个人就是乔瓦尼，然后这个案子不再是头条。乔瓦尼被送进牢里等待审判。

赫拉和我到了这里。我可能以为——我确定一开始的时候我以为——虽然我不能为乔瓦尼做什么，但我也许可以，为赫拉做点事。我可能也希望赫拉能为我做些什么。这些都有可能发生，如果，日子对我而言不像是在牢里一样的话。我无法不想乔瓦尼，我倚赖着雅克偶尔寄来的消息。那个秋天我只记得我等着乔瓦尼接受审判。然后终于，他接受审判，他被定罪，被判死刑。整个冬天我数着每个日子。住在这房子里的噩梦开始。

有关爱转变为恨的书写有很多，因为爱已死，热情转为冰冷。那是个了不起的过程。那比我读过的任何东西都要糟糕，比我能描述的任何东西都要糟糕。

现在，我不知道，从什么时候开始我看着赫拉觉得她很乏味，对她的身体毫无兴趣，觉得她的存在让人难以忍受。一切似乎同时发生——我猜那表示这样的情形已经发生有一段时间了。我追查到一些短暂的片刻，例如她端晚餐给我的时候，胸部尖端轻轻碰到我的前臂。那让我畏缩。她的内衣晾在浴室里，从前我觉得闻起来香味过重，而且洗得太频繁，现在觉得好像很难看又不干净。需要用这种疯狂的小块对称布料掩盖的身体实在怪异。有时候我看着她赤裸的身体在我面前移动，我但愿她比现在更结实，荒唐的是我对于她的胸部感到恐惧，当我进入她的时候我开始觉得不能活着出来。所有曾经给我欢乐的东西开始在我的胃里变酸。

我想——我想我一辈子都没有那么害怕过。当我的手指不由自主地放开赫拉，我明白自己悬在一个高处，我抓住她是为了自己能保命，随着我的手指的松脱，在我下面有一股空气轰响着，我体内的一切艰苦地收缩，猛力地向上爬避免摔下去。

我以为，这只是因为我们太常独处，有一阵子我们总是外出，我们到尼斯、蒙特卡洛、戛纳，还有昂蒂布。但我们并不富有，而战时的法国南部是有钱人的天下。赫拉和我看了许多电影，很多时候，坐在五流的酒吧里。我们常常散步，不说一句话。我们再也不会为对方指出自己看到的东西。我们喝很多酒，尤其是我。赫拉从西班牙回来时晒的古铜色，她的自信，全部都消失了，她变得苍白，小心翼翼，拿不定主意。她不再问我怎么回事，因为她已经知道我不是不晓得，就是不愿意说。她观察我。我感觉到她的观察而且这让我恨她。当我看着她封闭的脸，我的罪恶感让我不能承受。

我们必须坐公交车，很多个冬天的黎明，我们经常是带着睡意挤在候车亭，或是坐在一个空无一人的小镇的街角。我们在灰色的早晨到家，疲累不堪，即刻上床睡觉。

不知是什么理由，我可以在早上做爱。也许是因为神经紧张，或是晚上的漫游给我一种不负责任的兴奋感。但已经不一样了，某些东西已经不见了；惊异和力量已经不见，没有欢娱，平和已不再。

晚上我做噩梦，有时我被自己的叫声惊醒，有时赫拉因为我在呻吟而把我摇醒。

"我希望,"有一天,她说,"你可以告诉我是怎么回事。告诉我是怎么了,让我帮助你。"

我迷惑而悲伤地摇摇头,叹了口气。

那时我们坐在大房间里,我现在站着的地方。她坐在休闲椅上,台灯下面,腿上有一本翻开的书。

"你很贴心。"我说,然后接着说,"没什么。会过去的。可能只是神经方面的问题。"

"是乔瓦尼吧。"她说。

我看着她。

"是不是,"她问,小心地,"你觉得把他留在那个房间是对他做了最糟糕的事?我觉得你把发生在他身上的事怪到自己头上。但亲爱的,你没办法做任何事情来帮助他。不要再折磨自己了。"

"他曾经那么美丽。"我说。我本来无意这么说。我觉得自己开始发抖。我走到桌子旁边的时候她看着我——那时桌上有一瓶酒,像现在一样——我替自己倒了一杯。

我不能停止讲话,虽然每一刻我都害怕自己说得太多。也许我希望如此。

"我不得不认为是我把他送到了刀口下。他要我留在那个房间里,他求我留下来。我没告诉你——那天晚上我去拿东西的时候我们大吵一架。"我停下来。啜饮了一口。"他哭了。"

"他爱上你了,"赫拉说,"你为什么不告诉我?还是你不知道?"

我转过去，觉得我的脸在发烫。

"那不是你的错，"她说，"你不了解吗？你不能阻止他爱上你。你不能阻止他——杀掉那个可怕的男人。"

"你什么都不知道，"我喃喃地说，"你什么都不知道。"

"我知道你的感觉——"

"你不知道我的感觉。"

"大卫，不要把我推开。请不要把我推开。让我来帮助你。"

"赫拉。宝贝。我知道你想帮我。但是你先别管我。我会没事的。"

"你一直那么说，"她担心地说，"已经很久了，"她定定地看着我，然后说，"大卫。你不觉得我们应该回家吗？"

"回家？为什么？"

"我们待在这里做什么？你还要坐在这个房子里伤心多久？你觉得这对我有什么影响？"她站起来走到我身边。"求求你。我想回家。我想结婚。我想开始生小孩。我想住在别的地方。我要你。拜托，大卫。我们在这里等什么？"

我很快地从她的身边移开。她在我身后站着不动。

"怎么了，大卫？你想要什么？"

"我不知道。我不知道。"

"你到底对我瞒了什么？你为什么不告诉我事实？告诉我事实真相！"

我转过来面对她。"赫拉——忍一忍——再忍一下就好了。"

"我想啊，"她哭了，"但是你到底在哪里？你离开了而我找不到你。如果你愿意让我走近你就好了!"

她开始哭。我抱着她,我完全没有感觉。

我吻着她咸咸的眼泪,喃喃说着自己都不知道是什么的话。我感到她的身体竭力迎向我的身体,我自己的身体收缩撤退,我知道我漫长的溃败开始了。我离开她,她晃了一下,就在我离开她的地方,像一个用线吊着的傀儡。

"大卫,请你让我当一个女人。我不管你对我做什么。我不管代价是什么。我会留长发,我可以戒烟,我可以把书丢掉。"她试着想笑,我的心在翻腾。"就让我做个女人,占领我。这是我要的。这就是我所要的。其他的我都不在乎。"她移向我。我站着完全不动。她碰我,抬起她的脸,对我的信任迫切而令人感动,"不要把我丢回海里,大卫,让我和你在一起。"然后她吻我,看着我的脸。我的嘴唇冰冷。我感觉不到唇上有任何东西。她又吻我,我闭上眼睛,觉得有一条有力的锁链把我拖向火里。我的身体,在她的温暖、她的坚持和她的手里,好像永远都不会醒来。等到它真的醒了的时候,我已经离开了。我从一个很高的地方看着它,四周的空气比冰还要冷,我看着我的身体在一个陌生人的怀里。

就是那个傍晚,或是不久之后一个傍晚,我离开睡梦中的她,自己一个人到了尼斯。

我逛遍了那个亮丽的城市所有的酒吧,到了第一个夜晚结束的时候,体内全是酒精和欲念,我和一个水手一起爬上一间旅馆黑暗的楼梯。隔天以后,那个水手的假期还没结束,而且他还有别的朋友。我们去拜访他们。我们在那里过夜,隔天我们还是在一起，又过了一天也是。他要离开的前一天晚上，我们一起站在一家拥挤的酒吧喝酒。我喝得很醉。身上几乎一毛钱都没有。忽然，在镜子里，我看到赫拉的脸。我想了一会自己是不是疯了，然后我回过头。她看起来非常累，邋遢而矮小。

有好长一段时间我们都没有说话。我感觉到那个水手盯着我们两个。

"她是不是走错酒吧了？"他终于问我。

赫拉看着他。她笑了。

"我搞错的不只是这件事。"她说。

现在水手看着我。

"嗯，"我跟赫拉说，"现在你知道了。"

"我觉得我已经知道很久了。"她说。她转过去走开。我跟着她。水手抓住我。

"你是——她是——？"

我点点头。他的脸，因为嘴巴张着，看起来很有喜剧效果。他放开我，我走过他的身边，在门口的时候我听到他的笑声。

我们在寒冷的街上走了很久，没有说话。街上好像一个人都没有。黎明好像永远都不会来。

"嗯，"赫拉说，"我要回家了。但愿我从来都没有离开过。"

"如果我在这里再待久一点，"那天清晨她打包行李时说，"我会忘记怎么当一个女人。"

她非常冷酷，异常潇洒。

"我不确定有哪一个女人会忘记。"我说。

"有一些女人已经忘记当一个女人不一定得蒙羞,不是只有痛苦。我还没有忘记,"她又加上,"尽管你是这样的。我不会忘记的。我要离开这个房子,离开你,我只要坐上出租车、火车和船。"

在我们在这栋房子生活之初曾是我们卧房的房间里,她的动作快得像是要逃逸的人——从床上打开的手提箱,走到打开的五斗柜抽屉和橱子前。我站在门边看着她。好像一个尿湿裤子的小男孩站在老师面前,所有我想说的话像杂草卡住我的喉咙,塞满我的嘴巴。

"我希望,无论如何,"我终于说,"你可以相信我,当我在说谎的时候,我欺骗的不是**你**。"

她转过来脸色可怕地看着我。"跟你讲话的人是我。你要我跟着你,来这个鸟不生蛋的地方的糟糕房子。是你说要娶我。"

"我的意思是说,"我说,"我在欺骗我自己。"

"喔,"赫拉说,"我明白了。这样当然就有所不同。"

"我只是想说,"我大叫,"不管我做了什么伤害到你,我都不是有意的。"

"别叫了,"赫拉说,"我很快就走了,你可以再叫给外面的山坡听,叫给那些农夫听,说你有多罪过,你有多喜欢当个罪人!"

她又开始走动,稍微慢一点,从手提箱走到抽屉走到橱子,她的头发湿湿地贴着她的前额,她的脸是湿的。我很想伸出手拥她入怀安慰她。但那不能安慰她,只是折磨,对我们两个都是。

她走动的时候没有看我,但一直看着她在打包的衣服,好像不能确定那些是属于她的。

"但我**知道**,"她说,"我知道。这才是让我如此羞愧的原因。你每一次看我的时候我都知道。我们每一次上床我都知道。如果**那时**你告诉我真相就好了。你看不出来等着让**我**找出真相有多么不公平吗?把所有的负担丢到**我**身上?但**我有权**期望能听你亲口说出来——女人总是在等**男人**开口。还是你没听说过?"

我什么都没说。

"我本来可以不必花时间待在这个**房子**里。看在上帝的分上,我不需要臆测我要如何熬过那么漫长的回家之路。我理应早就已经**在家**了,与愿意成全我的男人跳着舞。我也会**让他**成全我,为什么不呢?"她看着一堆尼龙丝袜困惑地笑一笑,小心地把它们放进手提箱里。

"也许那时候**我**不知道。我只知道我必须离开乔瓦尼的房间。"

"嗯,"她说,"你离开了。现在换我离开。只是可怜的乔瓦尼——他的脑袋要搬家了。"

这是个恶毒的笑话,为了伤害我;然而她不太懂如何露出一个讥讽的笑容。

"我永远都不会懂,"她最后说,眼睛看着我,好像我可以帮助她了解,"那个下流的混混毁了你的生活。我想他也毁了我的生活。美国人不应该来欧洲,"她说,她想笑却哭了起来,"因为他们永远都不能再快乐了。如果不能快乐当美国人有什么好的?我们有的也只是快乐。"然后她跌入我的怀里,最后一次在我的怀里,啜泣着。

170

"不要相信那个,"我含糊地说,"不要相信。我们有的不只是那个,我们有的一直以来都不只是那个。只是——只是——有的时候很难忍受。"

"我的天,曾经我要的是你,"她说,"未来每一个我遇到的男人都会让我想到你。"她又试着要笑。"可怜的人!可怜的男人!可怜的**我**!"

她移开。"啊。我再也不知道什么是快乐。我不知道什么是宽恕。如果女人应该有男人牵着,而没有人可以牵着男人,会发生什么事?会发生什么事?"她到橱子里拿她的外套;从她的手提袋里拿出粉饼,小心地擦干眼周开始涂口红。"小男孩和小女孩不一样,就像蓝色小册子里说的。小女孩要小男孩,但是小男孩!"她合上粉饼。"只要我一天活着,我再也不会知道他们要**什么**。而且现在我知道他们永远都不会告诉我。我觉得他们不知道要如何表达。"她的手指拂过头发,把它们从她的前额拨开,现在,上了口红,穿着厚重的黑色大衣,她看上去恢复了往日的冷酷和聪明,同时又极端无助,一个惊人的女人。"帮我调一杯酒,"她说,"出租车来之前我们可以为往日时光喝一杯。不。我不要你跟我到车站。我希望我可以一路喝到巴黎,一路喝过罪恶的海洋。"

我们沉默地喝酒,等着轮胎摩擦碎石子路的声音,然后我们听到了,看到亮光,司机开始按喇叭。赫拉把酒杯放下,裹紧大衣,走到门口。我拿起她的行李跟在后面。我和司机一起把行李放进车子里;这段时间我一直想找出最后几句话告诉赫拉,可以抹掉痛苦的话。但我什么都想不到。她没有对我说话。在冬天黑暗的天空下她站得笔直，看向远处。一切都准备就绪的时候，我转过来面对她。

"你确定你不要我送你到车站，赫拉？"

她看着我，伸出她的手。

"再见了，大卫。"

我握住她的手。她的手又冷又干燥，像她的唇。

"再见了，赫拉。"

她坐进出租车里。我看着车子在车道上倒退，开到路上。我最后一次挥手，但是赫拉没有再挥手。

在我窗外的地平线开始发光，把灰色的天空变成泛紫的蓝色。

我已经打包好也已打扫过房子。房子的钥匙在我面前的桌上。我只需要换衣服。等到地平线再亮一点，公交车就会出现在公路转弯处，它可以载我到镇上、到车站，那里有火车可以载我到巴黎。然而，我还是不能动。

同时在桌上的，还有一个小小的蓝色信封，是雅克寄来的，通知我乔瓦尼被处决的日期。

我给自己倒了一小杯酒，从窗棂看着我的身影，它逐渐模糊了。仿佛我在我自己眼前消逝——这个想法让我莞尔，我对我自己笑了起来。应该就是现在，闸门为乔瓦尼而开，在他身后紧紧关上，永远不会再为了他开或关。或许已经结束了。或许才刚开始。或许他还坐在自己的牢里，跟我一样，看着早晨降临。也许现在走廊开始有耳语，三个穿着黑衣的壮汉脱掉鞋子，其中一人拿着一串钥匙,整个监狱是安静的,等待着,充斥死亡的气息。三层楼以下,石头地板上的活动沉寂下来,被遏止,有人点了一支香烟。他是自己一个人死吗?我不知道在这个国家,死刑是个别处置还是集体处置。他会跟神父说什么?

"衣服脱掉,"有一个声音告诉我,"时候不早了。"

我走进卧房,要换上的衣服已经在床上,袋子都打开准备好。我开始脱衣服,房间里有一面镜子,一面很大的镜子。乔瓦尼的脸晃到我面前,好像黑夜里一盏出人意料的灯笼。他的眼睛——他的眼睛,像老虎的眼睛闪亮着,直直地瞪着,看着最后接近他的敌人,身上的毛发竖立。我看不出他的眼神代表什么:如果是恐惧,那么我没有看过恐惧,如果是愤怒,那么我从未见过愤怒。现在他们来了,现在钥匙在锁孔里转着,现在他们抓住他。他大叫,叫了一声。他们从远处看着他,他们把他拉到牢笼的门口,走廊在他面前延展,像是他过往的墓园,监狱在他面前旋转。也许他开始呻吟,也许他不发出声音。旅程开始。或者,也许,当他大叫的时候,他没有停止哭泣,也许他正在哭,在那堆石头和铁条里。我看见他双腿弯曲,腿抖如筛,臀部颤动,秘密的槌子开始敲打。他在流汗,或没有流汗。他们拖着他走,或是他自己走。他们抓得很不舒服,他的手臂没有了知觉。

走过那长长的走廊,走下那铁楼梯,走进监狱的心脏又走出来,走进神父的办公室,他跪了下来。一根蜡烛燃烧着,圣母马利亚看着他。

圣母马利亚,天主之母。

我自己的双手湿润,我的身体僵硬苍白而干燥,我在镜中看着它,从我的眼角看见。

圣母马利亚,天主之母。

他吻了十字架,紧紧抱住。神父轻轻地把十字架拿起来。然后他们把乔瓦尼扶起来。旅程开始,他们离开,向另一扇门走去。他呻吟。他想吐口水,但是他口干舌燥。他不能叫他们停一下等他小便——所有的一切,再过一会儿,都会被解决。他知道在门后从容等待着的,是那把刀子。那扇门就是他找了这么久的通道,让他可以离开这个肮脏的世界,这个肮脏的身体。

已经很晚了。

镜子里的身体强迫我转过去。我看着我的身体,正在被判死刑。它很瘦、坚硬、很冷,像是秘密的化身。我不知道这个身体里有什么,它在找什么。它被困在我的镜子里,一如它被困在时间里,急着寻找启示。

当我是个孩子,我以孩子的身份说话,我以孩子的身份理解,我以孩子的身份思考:但当我长大成人,我收起儿戏。

我一直希望这个预言可以成真。我渴望打破那面镜子得到自由。我看着我的性器,我困惑的性欲,想着什么时候它才可以得到救赎,我如何可以拯救它于刀口之下。通到坟墓的旅程已经开始了,而通到堕落的旅程,永远已经走完了一半。然而,我的救赎之钥,不能拯救我的身体,却藏在我的肉体里。

然后那扇门就在他的面前。他的四周都是黑暗,他的体内是沉默,然后那扇门打开,他独自站着,全世界都离他而去。天空的角落好像发出尖叫声，虽然他什么都听不到，然后地表震动，他在黑暗中被向前抛出，他的旅程开始。

我终于离开镜子前面，开始遮蔽我的赤裸，这份赤裸我必须神圣地对待，虽然它从未像现在一样污秽，我必须以我的一辈子作为盐来拭洗。我一定要相信，我一定要相信，上帝厚重的恩慈，让我来到这个地方，也会带我离开这里。

最后我走进早晨，在我身后锁上门。我走到对面把钥匙放进老太太的信箱里。我看着那条路，有几个人站在那边，男人和女人，在等公交车。他们在刚苏醒的天空下看起来非常生动，他们身后的地平线开始燃烧。早晨像可怕的希望压在我的双肩，我拿起雅克寄给我的蓝色信封撕成无数片，看着它们在风中飞舞，看着风把它们带走。然而当我转过来开始走向等车的人群时，风又把一部分吹回到我身上。

James Baldwin
Giovanni's Room
Copyright © 1956 by James Baldwin. Copyright renewed 1984 by James Baldwin.
Simplified Chinese translation copyright © 2024 by Archipel Press.
All rights reserved including the right of reproduction in whole or part in any form.
This edition published by arrangement with the James Baldwin Estate via Ayesha Pande Literary through Andrew Nurnberg Associates International Limited.
All Rights Reserved.

本书中文译稿由城邦文化事业股份有限公司麦田出版事业部授权使用，非经书面同意不得任意翻印、转载或以任何形式重制

图字：09-2019-207号

图书在版编目（CIP）数据

乔瓦尼的房间 ／（美）詹姆斯·鲍德温（James Baldwin）著；李佳纯译. -- 上海：上海译文出版社，2024.9（2025.1重印）. ISBN 978-7-5327-9609-0

Ⅰ. I712.45

中国国家版本馆 CIP 数据核字第 2024V9X335 号

乔瓦尼的房间

[美] 詹姆斯·鲍德温　著　李佳纯　译
特约策划／彭伦　郭歌　责任编辑／王嘉琳
封面设计／山川制本 workshop　封面绘画／Backstage, 2007 © Anne Magill

上海译文出版社有限公司出版、发行
网址：www.yiwen.com.cn
201101　上海市闵行区号景路159弄B座
上海市崇明县裕安印刷厂印刷

开本 889×1194　1/32　印张 6.25　插页 2　字数 99,000
2024年9月第1版　2025年1月第4次印刷
印数：16,301—26,300册

ISBN 978-7-5327-9609-0
定价：58.00元

本书中文简体字专有出版权归本社独家所有，非经本社同意不得转载、摘编或复制
如有质量问题，请与承印厂质量科联系。T：021-59404766